三毛猫ホームズの降霊会

赤川次郎

三上於菟吉の大衆文學

瀧本 和成

三毛猫ホームズの降霊会　目次

プロローグ――宴の空白

その日は「仏滅」だった。

「だからあんなことが起ったんだ」

とは無責任な言い方だったが、「仏滅」ゆえに、宴会場フロアが、その日は他に披露宴などもなく、閑散としていたという要素は重要だった。

小さい子供もいるから、と夕方から始まった宴《うたげ》は、二時間たって「一線を越えた」。

「アルコールは控えて」

という良子《よしこ》の願いを、夫は自らアルコールのせいで忘れてしまったのだ。

堤防が決壊したかのように、酒はとめどなくその宴席へ流れ込んだ。

「酒がないぞ！」

「ビールだ！」

「水割り！」

飛び交う声に、ホテル側が最大限の対応をしたことを、責めるわけにはいかない。

「何しろ仏滅でしたから……」

ホテルの宴会係は、後で口ごもりながら、正直な感想を述べた。「少しでも売上げを伸せと上からきつく言われていて……」

——酒乱の家系。

結婚するとき、夫、菱倉矢一郎《ひしくらやいちろう》から聞かされてはいた。

しかし、良子も父親が酔って帰宅する姿は小さいころから目にしていたし、それに恋愛中の女性が、相手から「酒乱の家系だよ」と言われたからといって、

「じゃ、結婚、やめるわ」

と言うはずもあるまい。

園田《そのだ》良子は、夫となる人の酔った姿を、ほとんど見ないまま「菱倉良子」となった。

結婚式は海外で。その後も、夫、矢一郎は海外勤務が続き、良子はずっとそれについて歩いた。

結婚して二年後、七重《ななえ》が生れた。——お産のときは帰国していたが、半年で夫の任地へ戻り、後は年に二、三度の帰国……。

——正直なところ、結婚前に聞かされた「酒乱の家系」という言葉を、良子はほぼ忘れかけていた。

この日までは。

すでに一時間前から、夫は全く見知らぬ別人になっていた。

五歳になる七重は、宴席に充満するアルコールの匂いに、顔をしかめて、母親の方へくっついて来ていた。

ネクタイをゆるめ、真赤になってわけの分らないことを怒鳴っている父は、七重にとって恐怖の対象だった……。

「ママ……」

七重が心細そうに言った。

「なあに？　おトイレ？」

七重は何度か首を横に振った。そして、おずおずと、

「お外に出てていい？」

と言った。

その声は、酔って、めいめい勝手にしゃべりまくっている親族たちの野放図なだみ声の中で埋れてしまいそうだ。

しかし、良子には娘の気持がよく分った。

「いいわよ。じゃ、出ましょうね」

良子は立ち上ると、七重の手を引いて宴席から脱《ぬ》け出そうとした。

しかし、ろくに何も見ていないようでも、酔っぱらいは席を脱けようとする人間を目ざとく見付けるものだ。

「おい、良子!」

夫の声が飛んできた。「どこに行くんだ!」

良子は振り返って、

「この子をトイレに連れて行くの」

と言った。

「お前は俺の女房だぞ! 菱倉家の長男の嫁だ! みんなに注いで回れ!」

舌のもつれた言い方が、情なかった。

私が結婚したのは、こんな人だったのか。——結婚して七年もたって、良子は深い幻滅を味わっていた。

「この子をトイレに連れて行くんです」

と、良子はくり返した。「すぐ戻りますから」

「そうか……。早く戻って来いよ! 酒がなくなる」

「ええ」

——ロビーへ出て扉を閉めると、急に騒がしさが消え去って、良子は七重と二人、手をつないで、まるで別の次元に迷い込んでしまったかのようだ。

「——ママ」

七重の声にも、ホッとした気分がはっきりと現われていた。「パパ、どうしたの？」

「パパはね、お酒を飲み過ぎたのよ」

「ふーん」

——七重の目には、父親が「どうかしちゃった」と映ったのだろう。無理もない。

「やっぱり、おトイレに行く」

「はいはい」

少しでも、宴会の場から離れたかった。

ロビーは静かだった。

ホテルそのもののロビーは別のフロアで、ここは宴会場のフロア。おそらく、他に宴会が入っていないのだろう。これほど人の気配がないのは、少し気味が悪いほどだ。

二人はロビーを横切って、〈女性化粧室〉という矢印に従って廊下を辿《たど》って行った。

良子は水色のスーツを着て、一見ＯＬのような格好だ。

七重はいかにも「よそ行き」の、ピンクの可愛い服を着て、同じ色の飾りを髪につけている。

今日、出かけてくるときには、こんな服装をするのが楽しいらしく、はしゃいでいた七重だったが……。

「――さ、お手々を洗いましょうね」

化粧室から出て、良子は足を止めた。

静かなロビー。しかし、あの部屋へ戻れば、まだ喧騒《けんそう》とアルコールのむせ返るような匂いが待っている。

このまま外にいたい、と良子は思った。しかし、戻らなければ夫に何と言われるか。

良子は「長男の嫁」。菱倉家の誇り高い一族――良子には理解できない観念だが――の中で、良子の役割が厳として存在するのだ。

戻らなくては。

「ママ、七重、ここにいていい？」

七重が、今にも泣き出しそうな声で言った。

七重の気持はよく分った。良子だって、七重に劣らず「ここにいたい」のだ。

「――一人でいられる？」

「うん」

「遠くに行っちゃだめよ」

「行かないよ」

都内の一流ホテルである。危険はないだろう。

それに、外食していて、退屈した七重が一人で出て行っては戻ってくるのは、珍しいことでもない。

「じゃあ、このロビーの中にいるのよ」

と、良子は念を押した。「約束ね」

「うん。約束」

「じゃ……ママはさっきのお部屋にいるからね。用があったら、いつでもドアを開けて呼ぶのよ」

「うん」

――七重をロビーのソファに座らせて、良子は急いで宴席へと戻って行った。

「良子！　何をしてたんだ！」

夫、菱倉矢一郎が、室内の電話の受話器を戻すところだった。

「あなた。――また追加の注文を？」

「ああ、まるで足らんぞ！　こんなときケチる菱倉家じゃない！」

「でも、飲み過ぎよ」

良子の言葉など、矢一郎の耳にはまるで入らなかった。

「さあ、みんなに注いで回れ！」

矢一郎が良子の背中を叩《たた》くようにして言った……。

良子は、一体何人の盃《さかずき》やグラスに酒を注いで回ったか、後になっても思い出せなかった。

良子自身は全くアルコールがだめなのだ。しかし、部屋の中に酒くさい息が充満してくると、飲んでいない良子も、酔っ払ったような気分になって、頭がボーッとして来た。

どれくらいの時間がたったのだろう?

ほとんどの者は、酔い潰《つぶ》れるということはないらしく、いくらでも飲み、かつ騒いでいた。

もうろうとした頭で、良子は入れ代り立ち代り、トイレに立つ親族の姿を視界の端で見ていたが、それが誰で、いつ戻って来たのか、全く記憶に残っていなかった。

そして——さすがに、飲み疲れ、騒ぎ疲れた人々が、口をつぐみ、あるいは居眠りを始めて、席がやや静かになったとき、

「七重……」

良子は我が子のことを思い出したのである。

気が付くと、夫は初めに座っていたのと全然別の席で眠り込んでいる。

今はもう、良子がどこで何をしていようと、誰も気にしていない。

良子はロビーへ出た。

めまいがした。頭を何度か強く振って、深呼吸すると、少しスッキリした。

「七重」

呼びながら見回してみる。

娘の姿はなかった。

「七重。——どこなの？」

どこかに隠れているのかもしれない。ママをびっくりさせようとして……。

「七重！　出て来て！——ママよ。もうおうちに帰るわよ」

ロビーの中を歩きながら呼んでみたが、何の答えもなかった。

初めて、良子の胸に不安がきざした。

どこか、別のフロアへ行ってしまったのか。それとも……。

ふと、目が化粧室に向く。

そう、トイレに行ったのかもしれない。

良子は小走りに化粧室へ向った。

「——七重？　中にいるの？」

良子は中を覗《のぞ》いた。

しかし——返事はない。

がっかりして、良子は引き返そうとしたが、一番奥の仕切りのドアが、閉っているのに気付いた。

「七重？　いるの？」

そばへ行ってみると、完全に閉っているのではなく、細く開いている。しかし、出て来た後なら、ドアはもっと大きく開くのが普通だ。

「——七重」

ドアを開けた。

七重は冷たいタイルの床に、窮屈そうに横たわっていた。

その白い柔らかな首に、変った色合いの紐《ひも》が巻きついていた。——幼い命を、その紐が奪って行ったのだった。

1　視線

「視線を感じる」ということは、確かにあるものだ。

片山義太郎《かたやまよしたろう》は、隣の妹、晴美《はるみ》にそっと言った。「誰か俺のこと、見てないか？」

「何よ」

「おい」

と、晴美が眉《まゆ》をひそめて「誰が見てるって？」

「何だかさっきから感じるんだ。首筋のあたりにチクチクと」

しかし、晴美は冷たく、

「髪の毛でも入ってるんじゃないの」

と言っただけだった。

片山としては不満だったが、それ以上話をすることははばかられた。

何しろ今片山兄妹が座っているのは劇場の椅子。舞台では華やかにオペラ「椿姫《つばきひめ》」が上演されていて、周囲に聞こえる声など出そうものなら、非難の視線で、それこそ「刺し殺され」かねなかったのである。

片山と晴美の他に、晴美の膝《ひざ》の上で「鑑賞」していたのは、一匹の三毛猫――言うまでもなく、ホームズである。

必死で眠気をこらえている片山と違って、ホームズはオペラを楽しんでいる――ように見えた。

ヒロイン、ヴィオレッタの華やかなコロラトゥーラが「花から花へ」を歌い終ると、盛大な拍手と共に第一幕が終った。

「ああ、やれやれ……」

片山は立ち上ると、後方を振り向いた。

しかし、休憩時間になって、多くの客が一斉に席を立っている。一体誰の視線がチクチクと刺さっていたのか、とても知りようがなかった。

「ちょっとロビーへ出てるよ」

「じゃ、ホームズも連れてって」

晴美はホームズを片山へ渡して、自分はプログラムをめくり始めた。

――ロビーは、休憩時間にシャンパンの一杯を、という客でにぎわっている。

片山はホームズを下ろすと、

「けとばされるなよ」

「ニャー」

ホームズはロビーの隅の方へ行って、静かに外を眺めている。

「あら、猫。——オペラを見に来たのかしら」

と、女性たちが面白がっている。

片山は大欠伸《あくび》をした。

オペラが退屈というわけではない。前の晩、二、三時間しか寝ていないのだ。

——片山義太郎は、警視庁捜査一課の刑事である。

今は大きな事件に係っているわけではないが、仕事が仕事だから、きちんと夕方に帰るわけではない。

今夜のオペラは、あのヴィオレッタを歌っているソプラノ歌手が招待してくれたのである。

それはもう一応の解決を見た事件だったのだが……。

ヒョロリと長身でなで肩。おっとりとやさしげな風貌《ふうぼう》は、およそ刑事らしくない。そのことは、片山当人が一番よく分っている。

「——片山さん」

ボーイッシュな感じの女性がやって来て、声をかけた。

「あ、どうも……」

「おいでいただいて、ありがとうございます。妹さんは……」

「ええ、席にいます。ホームズもあそこに」

「姉が喜びますわ。終演後、ぜひ楽屋に」

本間聡子《ほんまさとこ》は、今「椿姫」を歌っているソプラノ、本間千恵《ちえ》の妹である。姉のマネージャーをしているので、事件を通して、片山たちとも親しくなっていた。

「――石津《いしづ》さんはおいでになれなくて」

「今日はどうしても……。仕事で、仕方なかったので」

と、片山は言ったが、実のところは、

「起きている自信がない」

と、石津が逃げてしまったのである。

「姉も今夜はとっても張切ってます。片山さんたちに聞いていただくんだからと言って」

と、本間聡子は言った。

そして――ふと視線が片山の肩越しに、

「片山さん、あの方をご存知ですか？」

「は？」

「何だか、片山さんをじっとご覧になっているみたいですけど」

片山は、そのとき、また首筋の後ろあたりにチクチクと刺すような感覚を覚えたのだった。

「ああ、あの人……」

と、本間聡子は言った。「柳井幻栄《やないげんえい》だわ」

誰だか片山には心当りがなかったが、振り返ってみた。

インドのサリーを思わせる赤い布の、ふしぎな色合いの服に身を包んだ女性が、はっきりと片山を見つめていた。

「――誰です？」

片山が聡子に訊《き》く。

「何と言うんでしょう。ほら――今、マスコミで評判になっている『霊媒』です」

そう言われると、「柳井幻栄」という名前を見たことがあると片山は思った。

しかし、なぜその〈霊媒〉が片山をじっと見つめているのか、片山には全く心当りがなかった。

「あ、ちょっと失礼します」

聡子は音楽評論家の姿を見付けて、急いで追って行った。

一人になった片山がロビーから外の夜景を眺めていると、

「あの……」

振り返ると、例の〈霊媒〉がそばへ来ていた。

格好が格好なので、一見老けて見えるが、そばで見ると、まだ若い女性である。

「何か……」

「片山さん――でしょう」

「そうですが……」

「やっぱり！」

と、ホッとした笑みを浮べて、「私のこと、お分り？」

「ええと……何とかいう『冷害』――いや、『霊媒』とか……」

「分らないでしょうね。――中学校のとき、同じクラスだった柳原《やなぎはら》です。柳原早夜《さよ》。憶《おぼ》えてる？」

目が笑いを含んで片山を見ている。

「――ああ！　早夜ちゃんか！」

片山は目をみはった。

「思い出してくれた？」

「もちろん！　だけど――すっかり変っちゃったね」

「このなりですものね」

と、〈霊媒〉は少し照れくさそうに言った。

柳原早夜は、中学生のころ、小柄で、よく泣く子だった。男の子たちは、面白がって早夜をいじめたり、からかったりした。

片山は、そういう男の子たちを止めるほどの度胸はなかったが、いじめるのに加わりはしなかった。

そして、さりげなく早夜を慰めて、止められなかったことの償いをしようとした……。

「今は——柳井……」

「柳井幻栄。——芸名みたいなものよ」

と、肩をすくめて、「早夜ちゃんでいいわ。片山さんはちっとも変らない」

「そうかな」

「片山さん、刑事さんなのよね。私、新聞で見たことあるわ、写真」

「親父の跡を継いで、何となくね」

「とっても懐かしかった。——今日は、奥様と二人？」

「え？　ああ、隣の席は妹だよ。僕は独身さ」

「妹さん？　そうか。私、てっきり……」

早夜は、片山の目にも変って見えた。

あの、気の弱い、内気な早夜ではなくなっていた。落ちつきと、ふしぎな存在感とでもいうものが具《そな》わっている。

「——早夜ちゃん。『ちゃん』は失礼かな」

「いいえ！　昔のまま呼んで。その方が嬉《うれ》しいわ」

「さっき、チラッと聞いたけど、君、〈霊媒〉なんだって？」

「ええ」

早夜は、ためらわず肯《うなず》いて、「決してインチキじゃないのよ。もちろん、百パーセント、いつでも誰でも呼び出せるわけじゃないけど……」

「いや、別に疑ってるわけじゃないよ。ただ、有名になってるのを知らなかったんでね」

「有名というほどじゃないわ。ただ、TVに出たりして、多少知られて来た、っていうだけ」

「そうか！　大したもんだね」

片山の言葉に、早夜は少し恥ずかしそうに笑った。その笑顔に、昔の早夜の面影がよみがえる。

「君は結婚したの？」

と、片山は訊いた。

「いいえ。今はこの仕事がとても忙しくて……」

二人の間に、ホームズがスルリと入って来た。

「あら」

「紹介するよ。うちの猫のホームズだ」

「聞いたことあるわ。名探偵猫ね？」

「ニャー……」

ホームズが、ちょっとふしぎそうに早夜を見上げる。早夜はかがみ込んで、

「初めまして、ホームズ」

と、手を差しのべ、ホームズの前肢《まえあし》と「握手」した。

その瞬間、早夜はハッとして、ホームズを見つめた。ホームズの方も、じっと早夜を見て、目をそらさない。

「――どうしたんだい？」

と、片山が言った。

「いいえ……。ホームズって、ふしぎな猫ね。まるで人間並みの反応があった」

「こいつは少し変ってるんだ」

「それだけじゃない。――近々、また会うことになるわ、きっと」

早夜は真顔で言った。

ロビーに、開演五分前のチャイムが鳴り渡った。

「じゃ、早夜ちゃん……」

「片山さん、オペラの後、時間ない？」

「ないこともないけど……。妹と一緒でいいかい？」

「ええ、もちろん！　じゃ、終ったら、この辺りで待ってるわ」

「あ、そうだ」

本間千恵の楽屋に呼ばれていたことを思い出した。

「構わない。待ってるわ」

早夜は、ちょっと手を振って、自分の席へと戻って行った。

「――あれが、あの泣き虫だった早夜ちゃんか」

片山は何だか少し楽しい気分で、客席へ入ろうとした。

「――ごめんなさい」

片山の肩に手をかけて、引き止めた者がある。

「は？」

黒いドレスの女が立っていた。

色白で、どこかゾッとする冷ややかな印象の、美しい女性である。

「失礼ですけど」

と、女は言った。「今、話しておられた女の方、柳井幻栄さんでは？」

「ええ、そうです。昔なじみで」

「そう。やっぱりそうですか」

と、女は肯いて、「私にご紹介いただけません？」

「あなたは――」

「菱倉良子と申します。菱倉七重の母です」

「良子」

ダブルのスーツ姿の男性が、声をかけた。「もう第二幕が始まる。席へ行こう」

「ええ。――お願いです。終演後、ロビーでお待ちしてます」

女は早口に言って、夫らしい男の後を追って行った。

片山は、ちょっと首をかしげて、

「菱倉……。どこかで聞いた名前だな」

と呟《つぶや》いた。

席へ戻ると、晴美が、

「もう始まるわよ」

と、にらむ。

「うん。ちょっと色々あって……」

説明している暇はなかった。

指揮者が現われ、拍手が起る。

そして、タクトが振り下ろされようとしたとき、

「そうか」

と、片山は思わず呟いて、晴美に肘《ひじ》でつつかれた。

——思い出した！

菱倉七重。——ホテルの化粧室で絞殺された少女だ。

あれはもう三年も前になるだろうか。

結局、まだ犯人は捕まっていない。

片山は捜査に加わったわけではないが、世間を騒がした事件である。

あれが七重の母親か。

軽やかなメロディと共に、スルスルと幕が上った。

緑豊かな田園風景が舞台の上に広がって、ゆるやかな照明が暖く溢《あふ》れていた……。

2　依頼

カーテンコールの興奮もさめやらぬプリマドンナを楽屋へ訪ねて、片山たちはお祝いを言った。

「ありがとう、片山さん！」

本間千恵は片山と晴美の手を握り、さらに、「ホームズ！　私の出来、どうだった？」

「ニャー」

「ブラボー、って言ってますわ」

晴美の通訳に、本間千恵は笑った。

他にも大勢の客が楽屋を訪れていて、片山たちは早々に失礼した。

ロビーへ出て、出口へ向うと、あの変った衣裳《いしょう》の柳井幻栄――柳原早夜が待っていた。

「やあ、待たせてごめん」

片山が晴美を紹介した。

「この前、TVで見ました」

晴美は握手して、「行方不明の猫を捜し出して」

「ええ。でも、あれは幸運でした。私の霊感は人間のときにしか働かないんです」

と早夜は言った。

「じゃあ、夕食でも」

「ええ、ぜひ！」

早夜は嬉しそうに言った。

「そうだ。ここに、黒いドレスの女性がいなかったかい？」

と、片山は訊《き》いた。

「さあ……」

「気が変ったのかな。君に紹介してくれと頼まれてたんだけど」

「お知り合い？」

「いや、そうじゃない。ただ――」

ロビーからクロークの前を抜けて、外へ出ようとすると、

「いい加減にしろ！」

と、怒鳴る声。

片山たちは足を止めた。

ホールを出た所で、あの黒いドレスの菱倉良子が夫と言い合っていた。

「いいえ、やめないわ」

「七重は生き返りゃしないんだ！」

「だからといって、犯人を放っておくの？」

「警察が捜してるじゃないか」

「もう三年もたつわ。このまま忘れられていくのを見ているつもり？」

「だからって、〈霊媒〉を頼むなんて、そんなのインチキに決ってるじゃないか！」

「やってみなきゃ分らないわ」

「——勝手にしろ。俺は帰る」

「どうぞ」

夫が車に乗り、走り去って行く。

冷たい風が、良子のドレスをはためかせた。

「——菱倉さん」

片山が声をかける。

「まあ！　来て下さったのね」

良子は目を輝かせた。

「お嬢さんの事件、憶《おぼ》えています。——しかし、彼女にはまだ何も……」

早夜が歩み出て来た。

「——柳井幻栄さんですね。菱倉良子です」

「どうも……」

早夜は良子の手を取ると、「——菱倉さん。あなたは、身近に悪魔がいると思ってらっしゃるんですね」

と言った。

風がひときわ強く吹きつけ、悲しげな音をたてた。

あのおとなしかった柳原早夜がワインなど飲んでいるのを見ると、片山は何だか妙な気がした。

「いらっしゃいませ、奥様」

店の支配人が、菱倉良子のところへ挨拶《あいさつ》に来た。「今日はご主人様は——」

「主人は忙しくて」

と、良子は素っ気なく言った。「大切なお客様たちですから、よろしくね」

「かしこまりました。——そちらの『お猫様』も……」

「見た目は猫でも、実は魔法で猫に変えられたお姫様なのよ」

良子が真顔で言うと、支配人は狐につままれたような顔で、

「さようで……」

と、目をパチクリさせた……。

深夜、四時ごろまで開いているレストランで、夜遅くなるほど混む、という東京ならではの店である。

菱倉良子が、片山たちと〈霊媒〉、柳井幻栄こと柳原早夜をここへ連れて来た。

「――良子さん。こうお呼びしてもよろしいですか」

と、早夜は言った。

「もちろんです」

「先ほどは、妙なことを申し上げて、失礼しました」

と、早夜は言った。「今、片山さんからうかがうまで、あの事件のことはすっかり忘れていました」

「当然です」

と、良子は肯《うなず》いて、「もう三年たつんですもの。――夫ですら、忘れかけています」

苦々しげな口調だった。

そして良子は言った。

「でも、あなたは、私の手に触れただけで、私の心の中を言い当てて下さいましたわ」

「身近に悪魔がいる、ということですね」

「ええ、私、信じていますの。娘の七重を殺したのは、菱倉家の人間の誰かだと」

良子はきっぱりと言った。

「しかし、現場はホテルのロビーの化粧室です」

と、片山は言った。「外部の人間も出入りできます」

「ええ。確かに」

と、良子は肯いて、「でも、あの日は仏滅でした。ホテルのロビーと違い、あの宴会場フロアのロビーには、他の人間などいませんでした」

晴美がワインを飲みながら、

「兄も、その事件の担当ではありませんでしたし、私も詳しいことは分りません。思い出されるのはお辛《つら》いかもしれませんが、当日のことを、お話しいただけないでしょうか」

と言った。

良子は静かに肯いて、

「喜んでお話ししますわ。――私自身の結婚の失敗から、すべてを」

と言った……。

片山たちは、しばらく一言も口を開くことなく、菱倉良子の話に聞き入った。

酒に溺《おぼ》れた宴の空気さえ、伝わってくるようだった。

そして話が、化粧室の冷たい床に、首を絞められて死んでいる我が子を見付けたところへさしかかると、さすがに良子の目に涙が光った。

「――お分りでしょう」

と、良子は言った。「宴席から、みんな入れ代り立ち代り、出て行っては戻って来ました。その内の誰かが、七重を殺したとしか思えません。でも、私は頭がしびれたようになって、誰が出て行き、いつ戻ったか、全く思い出せないのです」

話が途切れると、良子はウェイターに料理を持ってくるように合図した。

話の間は、待たせておいたのだ。

片山は考え込んでいた。

「思い出せなくて当然ですわ」

と、晴美が言った。

「でも――私が、あの一族の人たちにお酒を注いで回っている間に、七重が殺されていたと思うと……。戻って来た犯人にも、お酒かビールを注いでいたかもしれない、と思うと……」

親として、やり切れない思いなのは、片山にもよく分る。

しかし、今の良子の話を聞く限り、論理的には、「外部の人間の犯行」という可能性も捨て切れない。

万一、菱倉家を恨んでいる人間がいたとして、人気《ひとけ》のない宴会フロアのロビーで一人遊んでいる、幼い女の子を見付けたら……。

確かに、良子の言うように、菱倉家の誰かがやった可能性は高いが……。

「――お待たせしてしまって、申しわけありません」

と、良子は料理が出てくると、明るく微笑んで言った。「食事にいたしましょう」

いささか重苦しい空気は消えていなかったが、ともかく食事が始まると、それなりに気は楽になった。

「とてもおいしいですわ」

と、早夜が言った。

「お気に召していただければ……。この店は、あの子も連れてよく来ました」

と、良子が言うと、

「これがお嬢さんの好物だったのでは？」

と、早夜が言った。

皿にはオードヴルのテリーヌが載っていて、今、ナイフを入れようとしているところだった。

良子がハッとしたように、

「そうです！　子供なのに、そういうものが好きで……。特に、ここへ来ると、必ずオードヴルはそれでした。なぜお分り？」

「私、少しも好きじゃないのです。この手のもの。でも、オードヴルを選ぶとき、なぜかこれにしてしまって……。今、食べようとして、どうしてだろう、と思ったのです」

「柳井さん……」

「無意識に選んでいたのですね。七重さんのお好きだったものを」

「お願いします！」

と、良子は頭を下げて、「七重を呼び出して下さい！」

「奥さん……」

「あの子なら知っているはずです、自分を殺したのが誰なのか」

早夜はナイフとフォークを置くと、

「可能かどうかは、やってみなくては分りません」

と言った。「ですが、もしできたとして、必ずしも奥様の望まれるような結果になるとは限りませんよ」

「構いません」

と、良子は言った。「どんな結果になろうと」

「待って下さい」

片山が思わず口を出した。「その――娘さんの霊を呼び出したとしても、その証言は法的に何の意味もありません」

「承知しています」

「しかし、そのとき犯人と名指しされた人にあなたは仕返ししようとするんじゃありませんか?」

良子は、片山を見て、

「私も冷静な大人です。それだけで、すぐに犯人と決めつけはしません」

「しかし――」

「でも、捜査の手がかりにはなるのでは? その結果、本当の犯人と分れば……」

「それは難しいですよ。当人がもし自白したとしても、今では具体的な証拠がなくなっている」

「片山さんのご心配はよく分ります。もし、柳井さんが七重を呼び出して下さって、その口から犯人が分ったとしても、私、決して馬鹿な真似はしません」

良子の言葉を聞いても、片山としては、「ああ、そうですか」と言うわけにはいかない。

「――ともかく、試してみたら?」

と、晴美が言った。

「くり返しますが、必ず呼び出せるとは限らないんです」

と、早夜は言った。「期待をお持ちになっていると、もし私の力が及ばなかったときに申しわけなくて」

「ご心配なく」

と、良子は首を振って、「安請け合いされるより、そうおっしゃっていただいた方が信じられます」

「殺された、それもお子さんの霊というのは、私も呼び出したことはありません」

と、早夜は不安げに言った。

「ともかくやってみて下さい。お願いします！」

良子にくり返し頭を下げられ、早夜も覚悟を決めたようだった。

「――ではいつ？」

と、良子の方は今すぐにも、という様子。

「日を選ばせて下さい」

と、早夜は言った。「やるからには慎重にやりたいので」

「もちろんです。じゃ、日が決りましたら――」

「明日にはご連絡します」

「よろしく」

と、良子は頰を紅潮させている。「何かこちらで用意するものは？」

「ご家族や、ご親戚《しんせき》で、参加してもいいとおっしゃる方を数名、見付けて下さい。できれば、七重さんと血のつながった方がいいのですが」

「それと、日の光を完全に遮れる、静かな部屋を。広くなくて結構です。周囲に六、七人が座れる丸テーブル」

「分りました」

「はい」

「それと──今回は事情が事情です。片山さんにも立ち会っていただきたいのですが」

片山はちょっと当惑したが、答えるより早く、晴美が言った。

「喜んで伺いますわ。兄と私とホームズとで」

「よろしくお願いします」

「あの──もう一人、連れて行っても？　あまり霊感はないと思うんですけど」

石津が今ごろクシャミしてるかな、と片山は思った。

「もちろんです。良子さんさえよろしければ」

「私はもちろん構いません。片山さん、よろしく」

「はあ……」

片山はチラッと晴美をにらんだが、晴美の方は気付かないふりをしている。

「それと、もう一つお願いなのですが」

と、早夜は言った。

「何なりと」

「七重さんの身につけていたもの、着ていた服、何でもいいですから、いくつか用意していただけますか」

良子は黙ってバッグを開けると、中からハンカチらしいものを取り出した。クシャクシャになっている。

「これは、七重が殺されたとき、持っていたハンカチです」

と、テーブルに置く。

「失礼します」

早夜は、そのハンカチをそっと両手で取り上げると、てのひらで挟むように持って、じっと目を閉じた。

良子が一心にその様子を見つめている。

片山たちも何だか重苦しい気持になってくる。ホームズがフワリとテーブルの上にのる。

早夜は眉《まゆ》を寄せ、首を振ると、

「これは違います」

と言った。

「――違う？」

「同じ柄、同じ布地ですが、七重さんのハンカチではありませんね」

と、早夜は言った。「良子さん。私をテストしようと？」

「違います！　そんな失礼なことを……」

「ニャー」

　ホームズが鳴いた。

「あら、可愛い猫」

　レストランへ入って来た、二十歳そこそこの若い女が足を止める。目のやり場に困るような短いミニスカートだ。

「奥のテーブルだ」

　と、その女の後からやって来たのは――

「あなた……」

　と、良子が言った。

「良子。――何してる？」

　ついさっき、劇場前で良子と言い争っていた夫である。

「あなたこそ！――夫の菱倉矢一郎です」

「ああ、さっき言ってた〈霊媒〉とかだな」

　と、矢一郎は笑って、「せいぜい飯をおごられた分の働きをしろよ」

「初めまして、柳井幻栄と申します」

　早夜は手を差し出した。矢一郎は、ちょっと戸惑いながら、早夜の手を握った。

「――分りました」

と、早夜が言った。「ハンカチをすりかえたのは、あなたですね」

それを聞いて、矢一郎が真青《まっさお》になった。

「何のことだ！」

と、矢一郎は怒ったように言った。

「あなた……」

良子はじっと夫を見つめて、「あの子のハンカチをどこへやったの！」

「俺は知らん！　この女、頭がおかしいんじゃないのか」

菱倉矢一郎は、肩をそびやかして、「妙なことをこいつに吹き込まないでくれ」

と、早夜へ向って言った。

そして、連れの女の子の腕を取って、

「さ、向うへ行こう。腹が減った」

と、テーブルの間を抜けて行く。

立ち上って、その二人を見ていた良子は、力が抜けたように椅子に腰をおろして、

「ひどい人……」

と、声を震わせた。

「良子さん」

早夜が穏やかに言った。「思い詰めないで下さい。ご主人にも何かわけがあったのでしょう」

「でも――あの人は、自分の娘が殺されたというのに、誰が犯人なのか、気にもしていないんです。冷たい人だわ」

「今は、冷静になられて下さい。激しい感情を持っておられると、霊が逃げることがあります」

良子はハッとしたように、

「本当だわ。――七重のことより、夫への怒りばかりで一杯になっていました」

「ご夫婦のことには係り合いません。今はともかく、落ちつかれて……。食事をいたしましょう」

早夜の口調は淡々としていた。

「分りました」

良子は肯《うなず》いて、「でも、驚きましたわ。ハンカチのこと……」

「この程度の能力でしたら、持っている人は大勢います」

早夜は、少し恥ずかしそうに言った。

「でも、すばらしいわ」

と、晴美が言った。「柳井さんには嘘がつけないわね」

片山は、照れて頰を赤らめる早夜を眺めていた。

その様子は、昔の、気の弱かった柳原早夜を思い出させる。

しかし——一種の透視能力だろうが、ある人々にとっては恐ろしい能力だろう。同時に、早夜当人にとっては、「危険」でさえある。

世間には、知られたくない秘密を抱えている人間がいくらもいるのだ。そのみんなが殺人犯というわけではないにせよ……。

「ご主人と一緒の女の子は誰なんです？」

と、片山は良子に訊《き》いた。

晴美が肘《ひじ》でぐいと兄の脇腹を突いた。

無神経な質問をして！　——と言いたげだった。

「あれは何とかいうモデルの女の子です」

良子が大して気にしていない様子で言った。「主人の仕事の関係で使ったことがあって。——主人のどこがいいのか、よくついて歩いています」

奥のテーブルについた二人は、良子の目など、あえて無視するように、楽しげに笑い合っている。

矢一郎は、その女の子の手を取ってさすってみたり、口もとへ持って行って、手の甲にキスしたり……。

わざと見せつけているとしか思えない。

「思い出した。あの子、アマリアというんだわ。もちろん芸名でしょうけど」

と言って、良子は肩をすくめた。

夫婦の間は冷え切っているのだと、片山にもよく分った。

「柳井さん」

良子は話を戻して、「明日、七重の持っていた物とか着ていた物を、何点かお届けします。自分で直接お渡ししたいんですけど、どちらへ伺えば？」

「分りました」

早夜は肯いて、少し考えていたが、「午後の三時から一時間ほどはSテレビのスタジオにいます。そちらへおいでいただくのが一番確かだと思います」

「Sテレビですね。分りました。必ず伺います」

良子としては、他の人間に預ける気になれないのだろう。

「受付でお訊きになって下さい。柳井幻栄の出演しているスタジオ、と」

「分りました」

良子は、安心できないのか、バッグから手帳を取り出してメモした。

奥のテーブルで、菱倉矢一郎がケータイに出るのが見えた。

店の奥で、電波がよく入らないのかもしれない。矢一郎は席を立って、片山たちのテーブルのそばを通り、店の外へと出て行った。

そばを通って行くとき、矢一郎はケータイを手に、

「それくらい、自分で何とかしろ！」

と、不機嫌な声を出していた。

「──義弟《おとうと》からだわ」

と、良子が言った。

「お分りになるんですか」

と、晴美が訊く。

「あんな風に主人が不機嫌になるのは、主人の弟がお金のことで相談して来たときなんです」

「ご主人のお仕事は……」

と、早夜が訊く。

「商社です。菱倉家が創業者ですけど、今は株主の一人で。主人は部長です」

「弟さんは？」

「主人の弟は、菱倉智次《ともつぐ》といいます。主人と同じ〈H商事〉に入社したこともあるんですけど、勝手に休むわ、仕事時間中にふっといなくなってしまうわ、で……。三月《みつき》ともたずに辞めてしまいました」

「じゃ、今は？」

「何もしていません。おこづかいがなくなると、主人にたかって……。もう三十六歳なんですけど」

と、良子は首を振って言った。

すると――奥のテーブルに一人で座っていたアマリアという女の子が立ち上り、片山たちのテーブルへとやって来たのである。

「失礼します」

と、丸顔が愛らしいその女の子は、印象とは大分違うていねいな口調で、「菱倉さんの奥様ですね」

と言った。

良子が面食らって、

「そうですけど」

と見上げると、

「不愉快な思いをしてらっしゃるでしょう。ごめんなさい」

と、アマリアは頭を下げた。「菱倉さんのお誘いを断ると、私のいるプロダクションのCMの仕事が減って、大変なことになるんです。でも、私、菱倉さんとは、ご一緒に食事したりするだけで、それ以上のことはありません。信じて下さらないかもしれませんけど……」

その率直な物の言い方は、片山たちを驚かせた。

「――分ったわ」

良子が肯いた。「わざわざそれを言いに？」

「言いわけがましくていやなんですけど、奥様が気にしておられるだろうと思うと、気が気でなくて」

アマリアの目には涙が光っていた。

「――信じるわ」

と、良子は言った。「主人の相手は大変でしょう。何か辛《つら》いことがあったら、私に話して」

良子が、テーブルの紙ナプキンを取ると、電話番号をメモした。

「これが私のケータイ」

「よろしいんですか？」

アマリアは嬉《うれ》しそうにそれをポケットへ入れた。

「一つ、訊いていい？」

「はい」

「あなたの本名は何ていうの？」

良子の問いに、アマリアはちょっと笑って、

「安西道子《あんざいみちこ》っていうんです」

と言った。「モデルとしてはインパクトがないって言われて」

「今のはあり過ぎね」

と、良子も笑って言った。

その少々ふしぎな女の子の出現で、テーブルの重苦しい空気が吹き払われた。

「じゃ、失礼します」

アマリアは、奥のテーブルへと戻って行った。

良子は微笑むと、

「見かけじゃ分らないものですね、人間は」

と言った。

それに答えるように、ホームズが、

「ニャーオ」

と鳴いたので、みんなが一斉に笑った。

電話を終えてテーブルへ戻ろうとする矢一郎が、その笑い声に眉《まゆ》をひそめて、妻の方をジロリと見て行った……。

3　スタジオ

大分早く着いてしまった。

晴美はSテレビの正面玄関を入ると、〈受付〉のカウンターへ行った。

「――柳井幻栄さんとお約束が」

「伺っています。菱倉さんですか？」

「私、連れです。ここで待ち合せてます」

「では、そちらのソファでお待ち下さい」

と、受付の女性が言った。「その猫は？」

「これですか。この猫、タレントなんです」

「はあ……」

「柳井さんの番組のゲストで」

あんまりからかっても悪い。

晴美はホームズと一緒に、玄関ロビーのソファで、菱倉良子を待つことにした。

――ゆうべの食事の後、別れ際に、良子から、

「明日、良かったら一緒に行って下さい」

と頼まれたのである。

むろん、晴美が断るわけがない。

「果して、あの〈霊媒〉さんがうまく呼び出して、その女の子の口から犯人の名が出るかしらね?」

ホームズは答えずにソファで丸くなって目をつぶった。

晴美は、出入りする人の中に、顔を知っているタレントや歌手を何人か見付けて楽しんでいた。

「――やあ、元気?」

いやに明るい口調。

晴美が振り向くと、あの受付の女性に、親しげに話しかけている男がいる。

タレントか? ――ちょっと普通じゃない派手なスーツに真赤なネクタイ。

「今日はまだおいでじゃありませんよ」

と、受付の女性は冷ややかに言った。

「分ってる。待たせてもらうよ。三時から収録だろ? 知ってるんだよ」

と、男は言った。

五十代の半ばくらいだろうか、スーツが派手すぎるというだけでなく、老けて見えるのは、生活が荒《すさ》んでいるからだろうと思わせる。

「柳井さんに伺ってから――」

と、受付の女性が言いかけるのを遮って、

「あいつのことは、俺が一番よく知ってるんだ。口出しするな」

と、男は少しもつれた舌で言うと、晴美たちのソファから少し離れて座った。

酔っているのかもしれないが、それにしてもこんな場所には不似合な男だった。

男はタバコを取り出すと、火をつけようとして、キョロキョロと周りを見回し、立ち上って晴美の方へやって来た。

「――君、火を貸してくれんかね」

晴美は黙って壁の方を指さした。

そこには大きく〈禁煙〉の文字が。

「下らん！」

と、男は不愉快そうに、「TV局は芸人の集まる所だ。タバコを喫《す》わん芸人なんか、何の意味がある！」

「私におっしゃられても……」

と、晴美は言った。「何なら、その辺の鉢植えの木をこすって、火を起します？」

男は、結局火をつけられなかったタバコを一本、床へ投げ捨てると、靴でギュッと踏み潰《つぶ》した。

「もういい」

「先生」

と、ロビーに声が響いた。

柳井幻栄――柳原早夜が、昨日とはまた違う色合いの、同じような衣裳《いしよう》で立っていた。すぐ後ろに、大きなバッグを肩からさげた女性がいた。グレーのブルゾンにジーパンという軽装。

丸顔に大きなメガネをかけ、化粧っ気は全くない。

「おお、来たな」

と、男は早夜の方へフラフラと歩いて行った。

「どうなさったんですか?」

と、早夜は訊《き》いた。

「どうもこうもあるか。――お前に電話しても、番号が変ってる。手紙を出しても戻ってくる。お前に会おうと思えば、ここへ出かけてくるのが一番確かだと思ってな」

「失礼いたしました」

と、早夜は頭を下げた。「事情があり、急に引越しをしたものですから」

「ふん、自分の恩師にも知らせずにか？」

「先生は、私の顔など見たくないとおっしゃったので……」

「言ったとも！　しかしな、お前が今こうしてTVに出たり、雑誌に出たりしていられるのは誰のおかげだ！　俺が会いたくないと言っても、お前の受けた恩は変らん」

早夜はあくまで無表情で、その男と目を合わせなかった。

「おい！　何とか言え！」

興奮して来たのか、男の声は段々高くなった。

ロビーにいた制服のガードマンがやって来ると、

「失礼ですが」

と、男の肩を叩《たた》いて、「もう少しお静かに願います」

「何だと！」

男は振り向いて、「俺を誰だと思ってるんだ！」

「先生、やめて下さい」

と、早夜が言った。「私にご用でしたら、奥で聞きます」

「何だと、生意気な！」

男は、もう頭に血が上って、早夜を突き飛ばした。

倒れかけた早夜を、一緒にいた女性が危うく抱き止める。そこへ、

「――いい加減にしなよ、おっさん」

と、声がした。

「何だと！　誰に向って――」

と、振り向いた男は、目をみはった。

そこにいるのは――一匹の三毛猫だったのである。

「おい……。今しゃべったのは誰だ？」

と、男が左右へ目をやる。

「猫がしゃべってるのが聞こえたかい？」

「え？」

「そうなると、もう大分おっさんの頭はいかれてるぜ」

三毛猫はそう言って、首をかしげた。

「おい……。俺がどうかしてるのか？」

男はよろけて、フラフラと玄関の方へと歩き出した。

「先生――」

「また会いに来るからな。また……」

男は出て行った。

ロビーにホッとした空気が流れる。

「ご苦労さま」

と、晴美は言った。

「どうってことはないけど」

床に置かれた観葉植物のかげから、片山が顔を出した。「どうだった？　ホームズがしゃべってるように聞こえたか？」

「ニャー」

と、ホームズが鳴いた。

「おみごとでした」

早夜が一礼した。

「あの人は、新井《あらい》幻斎《げんさい》というの」

と、早夜は言った。「名前見て、分るでしょ。私はあの人の名の〈井〉と〈幻〉をもらって、〈柳井幻栄〉っていう名にしたのよ」

「じゃ、本当に君の先生なのか」

「先生というか……。私の中の〈霊媒〉としての能力を見抜いて、引出してくれた人」

と、早夜は言った。「その意味では恩人だけど、酒ぐせが悪くて」

──片山たちは、早夜の楽屋にいた。

菱倉良子もそろそろやってくる時間だったが、あの騒ぎがあったので、案内を受付に頼んで、ここで待つことにしたのである。

「どうぞ」

と、片山と晴美にお茶を出してくれたのは、早夜のマネージャー、寺田典子《てらだのりこ》だった。

あの大きなバッグをさげていた、メガネの女性である。

「私がマスコミに出て、売れ始めると、先生は私の稼ぎで毎晩飲むようになり……」

と、早夜は言った。「私、いやになって出てしまったんです」

「当然ね」

と、晴美が言った。

「新井幻斎も、いい〈霊媒〉だったんです。でも、一日中酒びたりになると、頼む人もいなくなり、お金がなくなると私の所へ来るという、くり返しです」

「もう、何度も引越してるんですよ、幻栄さん」

と、寺田典子が言った。

「でも——やっぱり、食べるものにも不自由してると聞くと、お金を出さないわけには……」

難しいところだ。

かつての師弟。——他人には分らない絆《きずな》もあるだろう。

楽屋のドアがノックされて、

「準備、お願いします」

と、声がかかった。

「良子さん、遅いわね」

と、晴美が言った。「いいわ。私、ここで待ってるから、スタジオの方へ行って下さい」

「すみません」

と、早夜は立ち上って、ちょっと背筋を伸し、〈柳井幻栄〉になって、楽屋から出て行く。

「お兄さん、一緒に行って」

と、晴美は言った。「ホームズも連れて」

「お前、一人でいいのか？」

「一人いれば充分でしょ。良子さんだって、もうみえるわよ」

「分った」

早夜がマネージャーの寺田典子と一緒に先にスタジオへ向うと、片山はホームズと共に後を追って行った。

晴美は、受付から連絡が入るかもしれないので、楽屋に一人、残ることにしたのである。

ポットのお茶を茶碗《ちゃわん》に注いで、飲んでいると、ケータイがバッグの中で鳴った。

「はい」

「晴美さんですか。菱倉良子です」

声には、車の騒音が混っていた。「すみません。遅くなって」

「いいえ、大丈夫ですよ。柳井さんは今、もうスタジオへ入っていますけど、私、楽屋にいますから」

「本当に申しわけありません。タクシーに乗ったら渋滞で。今、急いで歩いています。五、六分で着くと思います」

と、良子は言った。

「分りました。収録が終らないと、早夜さんも出られないでしょうから、そんなにお急ぎにならないで。受付に言ってありますから」

「ええ、それじゃ後ほど」

良子は少し息を切らしている。

そのとき、良子の短い叫び声が聞こえた。

「——何するの！　返して！」

晴美は息をのんで、

「良子さん！　もしもし？」

車の急ブレーキの音。そして通話は切れてしまった。

——返して！

あの叫びは……。誰かが、良子の手から、殺された子の身につけていた物を奪い取ったのではないか。

良子は大丈夫だろうか？

あと五、六分で着く、と言っていた。

晴美は楽屋を飛び出すと、玄関へと急いだ。

妙なもんだな、TVの世界ってのも。

——片山は、仕事柄、こういうTV局のスタジオに入るのも初めてではない。

しかし、ライトを浴びた番組のセットを直接見ると、何だかずいぶん雑な作りだ。あれがTVの画面では、しっかりした壁やドアに見えて、まるでどこかの本当の家の中のように思えるのだ。

「——柳井さん、お願いします」

と、声がかかった。

メークの係が柳井幻栄——柳原早夜の顔をちょっと直して、

「これで大丈夫です」

と肯《うなず》いた。

早夜は、スタジオの薄暗い一画に立っている片山の方をチラッと見て、恥ずかしそうに微笑むと、用意された席の方へと歩いて行った。

まだ本番というわけではない。

司会者と斜めに向い合ったゲストの席に着いた早夜を、カメラが捉《とら》える。

片山は傍のモニターTVの画面に、少し緊張した様子の早夜の顔のアップを見ていた。

「衣裳《いしょう》の色が少し顔に映ってる」

「ライトの角度、少し変えて」

ほとんど気付かない程度のことだが、プロの目にはそう見えるのだろう。

その間に、司会者が番組の段取りを早夜に説明している。

「お名前を言いますので、それから初めてカメラが切り換わります。それまでは画面に出ませんから」

早夜も、大分慣れてはいるのだろう。小さく肯くだけだ。

打合せがすむと、早夜は一旦《いったん》席を立って、片山の方へやって来た。

「落ちついてるね」

と、片山が言うと、早夜は照れて、

「そんなこと言われると、却《かえ》ってドキドキしちゃうわ」

と、赤くなった。「まだまだ、声が震えちゃうの。今日は生放送じゃないから、まだ気が楽だわ」

「やっぱり緊張するものかな」

「だって、もともとタレントでも何でもないんですもの。〈霊媒〉なんて、あまり日の当る仕事じゃないわ、本当は」

早夜らしい真面目な言葉だ。

「でも、同じようなことを仕事にしてる人たちが他にもいるの。何だか怪しげな、インチキくさい人間と思われてしまうのよ、〈霊媒〉なんて。もちろん、中にはそういう人もいるでしょうけど、ほとんどの人は、むしろ自分の能力を愛していない。なまじ、そんな能力があるから人に変な目で見られ、普通に付合ってもらえないんですもの」

なるほど、と片山は思った。

付合っていても、自分の考えていることを見透かされているような気がして、不安になりそうである。

「——私がTVに出て、本当のことを話せば、そういう先入観を少しは変えられるかもしれない。そう思うから、我慢して出ているのよ」

「分るよ。君の気持が伝わるといいがね」

早夜は、ちょっと首を振って、

「でも、あんまり真面目に話すと、面白味がないでしょ？　TV局の人から『少し大げさにしてくれ』とか言われるの。でも、私、嘘はつけないし」

「それでいいんだ。その内、みんな分ってくれるさ」

「片山さんがそう言ってくれると、安心するわ」

と、早夜は微笑んだ。

「――じゃ、お願いします」

と、声がかかり、早夜はさっきと同じ席についた。

「リラックスして下さい」

ディレクターらしい男が、早夜に話している。「録画ですから、後でやり直すこともできます」

「ええ、分ってます」

「ではよろしく」

スタジオの中が静かになり、早夜が背筋を伸して、座り直す。

片山は、スタジオのドアが開く音がしたような気がして、振り向いた。

しかし、ドアは閉っている。――気のせいかな。

収録は始まっていた。

司会者が、早夜のことを柳井幻栄として紹介する。

司会者は、〈霊媒〉の普段の暮しについてとか、いつからその能力があったのか、といった当り前の質問から始めて、早夜をリラックスさせようとしているようだった。

早夜も至って真面目に返事をしている。

そして、司会者は少し口調を変えると、

「ところで、幻栄さんには、これを見ていただきたいのですが」

その言葉と同時に、スタッフが早夜の前に女性のものらしいスカーフを置いた。

早夜が戸惑っているのが、片山の目にも分った。打合せになかったのだ。

「これは、三日前、突然姿を消した、あるOLが身につけていたものです」

と、司会者が言った。「家出の理由は全く思い当らない、とご両親はおっしゃっておいでで、何かの事件に巻き込まれたのではないかと心配していらっしゃいます」

そして司会者は、

「どうぞ、おいで下さい」

と、声をかける。

初老の夫婦が、多少おどおどした様子でセットに上る。

「お嬢さんはおいくつでした？」

「二十……三でした」

「何か、危険な目に遭うような、お心当りはありますか」

「いえ、一向に……」

父親は首を振って、「娘はきっとどこかで殺されているんじゃ……」

「あんた、やめてよ」

と、母親がつつく。

「──ご心配ですね。そこで幻栄さんの〈霊媒〉としての力に、すがるような思いでいらしてるんです」

「あの……」

「行方不明になったとき、身につけていたこのスカーフから、何か手がかりをつかんでいただけると……」

「待って下さい」

早夜は身をのり出して言った。「確かに、そういう透視能力を持った方もおられますが、〈霊媒〉はそういう力を持っていません。申しわけありませんが……」

「そんな冷たいことを言わないで下さい！」

と、父親が言った。「何でもいい。娘の居所の手がかりを与えて下さい」

片山は見ていて腹が立った。

前もって当人に話もなく、いきなり「当ててみろ」ではひど過ぎる。

〈霊媒〉をタレント並みにしか見ていないTV局の姿勢が見えた。

「さあ、いかがですか？　今や人気の〈霊媒〉、柳井幻栄がその能力を発揮するかどうか！」

司会者の愛想の良さにも、小馬鹿にしたような、見下した視線が浮び上る。

早夜は深く息をつくと、

「やってみましょう」

と言った。

「ありがとうございます！」

両親が早夜に向って手を合せた。

覚悟を決めた様子で、早夜はテーブルのスカーフを取り上げると、静かに両手でスカーフを広げ、両手を当てて、目を閉じた。

――スタジオの中は静まり返り、カメラは早夜の顔を大写しで捉えている。

片山は、ふと何か妙な音が聞こえたような気がして、スタジオの中を見回した。

――気のせいかな。

早夜が目を開けた。――ふしぎな表情をしていた。

そして、スカーフを手に取ると、

「もう少し、高くていいものを使って下さい」

と言ったのである。

司会者が当惑して、

「恐れ入ります。今のはどういう――」

と言いかけると、早夜は笑った。

「スタッフの方がこれを買うとき、『どうせ分りゃしないから、安物でいい』と、デパートの特売場で適当に選んで来られたんですね。それに、そちらのお二人はご夫婦じゃない。どこかの劇団の役者さんですね」

両親はうろたえた。

司会者は一瞬呆然《ぼうぜん》としていたが、

「――おみごとです！」

と、にこやかな笑顔になり、「いや、さすがは柳井幻栄さん！　私どものジョークを見破ってしまわれました」

片山は苦笑した。――図々《ずうずう》しいものだ。

早夜は穏やかに微笑んでいるが、内心は激しく怒っているはずである。

「では、この後はＣＭで――」

と、司会者が言いかけたときだった。

女の子の泣き声が、スタジオの中に響いたのだ。

司会者も当惑している。

「何か妙な……。泣き声ですかね？」

その泣き声は、スタジオのどこというのでなく、何となく宙に漂うように聞こえた。

そして、その声が言った。

「助けて……。助けて……。怖いよ……。殺さないで！　苦しいよ！」

早夜が立ち上った。椅子がバタンと後ろに倒れる。

「これは——番組用のテープではありません。こんなもの、予定にないよな？」

司会者も混乱して、スタッフの方へ訊《き》いている。

「——七重ちゃん」

と、早夜が言った。

「助けて！　助けて……」

女の子の声は細くなり、やがて消えて行った。

早夜は、ハッと目覚めたように周囲を見回した。司会者は、

「今の怪現象が何だったのか？　CMの後にまた！」

と、あわてて言った。

一旦《いったん》収録が終ると、司会者はスタッフの方へ、

「勝手なことやられちゃ困るよ！」

と、怒鳴った。「ちゃんと言っといてくれなきゃ」

「誰も知りませんよ、今のは」

「じゃあ、何だったんだ？」

「さあ……」

早夜がセットを下りて来る。

「ニャー」

と、ホームズが迎えた。

「ホームズ。あなたも聞いた？」

「早夜ちゃん。今のは本当に……」

片山が言いかけると、

「分らないわ。でも、降霊状態になっていないのに、あんなものが聞こえてくるなんて……」

と、早夜は首を振って言った。

「幻栄さん！」

司会者が追いかけて来た。「先ほどは失礼しました。今の声は何だったと思います？ぜひコメントを――」

「お断りします」

と、早夜はきっぱりと言った。「何でもあなた方の言いなりになる〈霊媒〉をお探し下さい」

片山も肯《うなず》いて、

「さあ、行こう」

「ニャー」

「しかし、あの……」

と、口ごもる司会者を後に、片山たちはスタジオを出た。

廊下を、ちょうど晴美と菱倉良子がやって来るところだった。

「七重の声が？」

スタジオで聞こえたふしぎな「声」の話を聞くと、良子は当然身をのり出した。

「誰の声か、聞き分けるには、声が響き過ぎていました」

と、早夜が言った。

「でも、今収録したビデオに、残っているんでしょう？」

「たぶん……。でも、マイクから入った声ですから、かすかにしか入っていないと思います」

「でも、聞いてみたいわ」

母親としては当然の気持だろう。

「お兄さん、局の人に話してみてよ」

と、晴美は言った。

「うん、話してみよう」

と、片山は肯いてから、「それで、大丈夫だったんですか？」

と訊いた。

菱倉良子は、この局の近くまで来たとき、突然若い男に突き当られ、大切に持って来た七重の服の入った紙袋を強奪されたのだった。

「幸い、ここに」

良子が、紙袋を早夜へ渡した。「これを盗《と》った男が、逃げて行くときに、脇から出て来た自転車とぶつかったんです。それで、袋が男の手を離れて、何メートルも飛んで行ってしまって。私が走って追いかけていたものですから、男は諦《あきら》めて逃げたんです」

「幸運でしたね」

と、晴美は言った。「見覚えのある男でしたか？」

「いえ、見たことのない人です。二十二、三かしら。大学生が、誰かに頼まれてやったのかもしれません」

確かに、単なる「引ったくり」にしては妙だ。そう金目のものが入っているとは、誰の目にも見えないだろう、と片山は思った。

「ともかく無事にお届けできて、本当に嬉《うれ》しいわ」

良子は、早夜が、

「では、確かにお預りします」

と、袋を両手でしっかり持って言うのを聞いて、

「どうかよろしく」

と、もう一度ていねいに頭を下げたのだった……。

4 婚約

「矢一郎様」

夕食の席に、家政婦の陽子《ようこ》がやって来て、声をかけた。「お電話が――」

菱倉矢一郎は、ちょっと顔をしかめて、

「旦那《だんな》様と呼べ。何度も言ってるだろう」

と遮った。

「失礼いたしました。旦那様、お電話でございます」

陽子の「旦那様」という言い方には、わざとらしく強調した感じがあった。

「誰からだ」

「智次様からでございます」

矢一郎の顔はますます渋くなった。

「ここへ受話器をお持ちしますか」

「いや、行くからいい」

矢一郎は食卓を離れると、廊下へ出て、電話に出た。

「もしもし」

「やあ、兄さんか」

弟の智次の声は少し聞き取りにくかった。

「どうしてケータイへかけて来ないんだ？」

と、矢一郎は言った。

「いや、家にいるって確かめたかったんでね」

「確かめてどうするんだ」

「話があるのさ。みんな揃《そろ》ってる？」

「大体はな。何の話だ？」

「そっちへ行ってからのお楽しみさ。今、車で向ってるんだ。あと二十分もかからないだろう」

「何だと？」

「夕飯、まだなんだ。二人分、追加しといてくれ。じゃあ、後で」

「おい、智次！　――おい！　もしもし！」

もう切れている。矢一郎は舌打ちして受話器を戻した。

ダイニングへ戻ろうとすると、いつの間にか陽子がすぐそばに立っている。

「智次がもうじき着く」

と、矢一郎は言った。「食事の用意をしてやってくれ」

「かしこまりました」

矢一郎は行きかけて、

「――そうだ。二人だと言ってた」

「承知いたしました」

もう四十前後にはなるだろうという家政婦、陽子は、何を言いつけられても顔色一つ変えない。

陽子が台所の方へ行ってしまうと、

「――二人って、誰なんだ、もう一人は？」

と、矢一郎は呟《つぶや》いた。

「もうじきだ」

ハンドルを握った菱倉智次は、楽しげに言った。「乗りっ放しで、くたびれたろ？」

「そんなことないわ」

助手席に座っている女性が言った。

「――あんまり機嫌良くないね」

「緊張するわよ。女なら誰だって」

「大丈夫。僕がついてる」

「頼りにしてるわ」

と言って、田所美枝《たどころよしえ》は肩をすくめた。「でも、やっぱり私のこと、おうちの方へ話してなかったのね」

「びっくりさせたかったのさ」

と、智次は言った。

「怪しいもんね」

「だって、兄貴は、めったなことじゃ捕まらないんだ。何しろ忙しいからね」

「あなたから見れば、誰だって忙しいわよ」

と、美枝は言った。

「ハハ、確かにそうだ」

智次は喜んでいる。

「あなた――これからは、ちゃんと働いてね」

と、美枝は言った。

「もちろんさ！　分ってるよ」

と、智次は即座に答えて、「兄貴に頼めば、いつだって仕事は世話してくれる。それに、もともと〈H商事〉はうちの作った会社なんだ。僕だって、重役になる権利はあるんだよ」

得意そうな智次の話を聞いて、田所美枝は失望の気持が顔に出るのを恐れて、車窓の外へと顔を向けた。

――悪い人ではない。

悪い人ではないのだけれど……。

本当に美枝を愛しているのなら、兄に頼って仕事に就くのでなく、自分で求人広告でも見て、仕事を捜してほしい。

美枝が「ちゃんと働く」と言うのは、そういう意味なのだ。しかし、智次はただ、「仕事があればいい」と思っている。

それも、「楽をして給料がいいのなら、それに越したことはない」のである。

しかし、そういう「立場」というものは、決して一生保証されているものではない。

確かに、美枝が智次のプロポーズに肯《うなず》いたのは、智次の呑気《のんき》でおおらかな性格のせい、という部分が小さくなかった。

しかし、それは裏を返せば、「働かなくても困らない」という暮しを送って来たせいなのだ。

そう。――いきなり、智次に厳しい勤め人の生活をしろと求めても、無理なことなのかもしれない。

差し当りは、その「兄貴」に頼んで、まず「勤める」ことに慣れてもらうしかないかも……。

美枝の思いなど知る由もなく、智次は車を走らせながら、口笛を吹いていた……。

玄関のドアを開けたのは、いつもながら無表情な家政婦の陽子だった。

「お帰りなさいませ」

「やあ、僕の顔を忘れないでいてくれたんだね」

と、智次は微笑んだ。「——お客が一人いるんだ」

「コートをお預りします」

陽子は、物珍しげに美枝を見るでもなく、まるで昔からのなじみの客のように接していた。

「みんなは？」

「お食事中です。じきに終るところです」

「そうか。じゃ、悪いけど——」

「お仕度できております」

「ありがとう」

ダイニングルームへ二人が入って行くと一瞬、会話が途切れ、視線は一斉に智次に——いや、むしろ美枝の方へと集まった。

「遅れてごめん」

と、智次は言った。

「誰もお前なんか待ってない」

と、矢一郎は言った。

「いいじゃないか。一応、僕も家族の一員だぜ」

「お座りなさいよ」

と言ったのは良子だった。「その方をご紹介して」

「うん。——ぼくの……婚約者の田所美枝さんだ」

何とも言いがたい空気が、食卓に波のように広がった。

「よろしくお願いします」

美枝が蚊の鳴くような声で言った。

「ようこそ。私は長男矢一郎の妻で、良子です。これが夫です」

良子だけが、ごく自然な気づかいを見せていた。

美枝は良子の笑顔にホッとした表情を向けた。

「何だ、突然に」

と、矢一郎が弟をにらんで、「ひと言、我々に相談するべきだろう」

「ああ……ごめん」

と、智次は口ごもった。

「でも、あなた、智次さんはもう三十六よ。あなただって、いつも『早く誰か見付けて来ればいいのに』って言ってたじゃない」

良子の穏やかな口調に、矢一郎は、

「まあ――だめだとは言わないが。こんな風に突然連れて来るのは……」

「兄さんは、ちっとも会ってくれないじゃないか」

「それはお前がいつも金の話ばかり――」

「あなた」

良子が夫の腕に手をかけて、「美枝さんの前で、みっともないわ」

矢一郎も、そう言われると渋々黙って、食事を続けるしかなかった。

陽子が手早く二人の前に食事を出した。

「――僕は菱倉誠《まこと》だ」

すっかり髪の白くなった男が言った。

「叔父だよ」

と、智次が言った。「父の弟でね」

美枝は黙って会釈した。

「隣が奥さんの夏子《なつこ》さん」

やせた、陰気そうな女性が、ギョロリとした目で美枝を見つめた。

「兄さん、お袋は？」

と、智次が訊《き》いた。

「お母さんと呼べ。——具合が悪くて寝てるよ」

「母さんが？　知らなかった」

「知らせようにも、お前はどこにいるか分らんし……」

「でも、入院しなきゃとか、そんなことじゃないのよ」

と、良子が言った。「時々気が向くと起きていらっしゃるわ」

「じゃ、後で会いに行こう」

と、智次が言うと、

「もう眠ってるよ。母さんは」

と、矢一郎が素っ気なく言った。

「じゃ、明日でも……」

と、智次は肩をすくめて、「僕の部屋はあるだろうね」

と、陽子へ訊いた。

「はい、もちろん」

「その方もお泊りになるの？」

と、夏子が口を開いた。

「もちろんだよ。一人で帰せって言うの？」

「そうじゃないけど……。結婚前に……」

夏子は、意味ありげに言葉を切った。

美枝は、食事の手を止めて、

「駅まで送ってくれたら、一人で帰るわ」

と、智次に言った。

「いいんだよ。大丈夫。――もう子供じゃないんだぜ」

智次がうんざりしたように言った。

そのとき、ドアが開いて、せかせかと席へ戻って来たのは、真赤なシャツに白いセーターという、派手な格好の男で――。

「弟の哲也《てつや》だよ」

と、智次が言った。

顔立ちは若く、三十そこそこかと見えるが、頭がすっかり薄くなって、老けた印象である。

美枝のことを紹介されると、

「どうも！　哲也です。僕も独身でね。いよいよこれで一人取り残されたか」

と笑った。

「早く食べないと冷めるわよ」

と、夏子が冷ややかに言った。

「はいはい。——何しろ忙しくてね」

食事を始めると、何やらTVの番組のテーマソングが流れた。

「失礼！」

哲也はポケットからケータイを取り出すと立ち上って、「——もしもし！　——ああ、今聞いたよ。ひどいじゃないか！」

と、話しながら出て行く。

「——全く、落ちつかない奴だ！」

矢一郎がため息をつく。

「哲也は芸能プロみたいなものをやってるんだ」

と、智次は美枝に言った。「タレントを何人か抱えててね」

「まともな商売じゃない」

と、矢一郎は言い捨てた。

「せめて食事中はケータイの電源を切ってほしいわ」

と、夏子が言って、夫の方をチラッと見ると、「あなたもね」

「俺が何だって言うんだ。俺のケータイなんか滅多に――」

と言いかけたとたん、誠のポケットでケータイが鳴り出した。

夏子が、まるで無視して食事を続ける。

誠はあわててダイニングから出て行った。

入れ違いに、哲也が戻って来た。

「――叔父さん、また例の彼女から?」

「知らないわよ」

と、夏子が返した。

「やれやれ。――TV局ってのも、いい加減で困るよ」

と、哲也は食事に戻ったが――。

ふと顔を上げて、

「――あれ?」

と、美枝を眺め、「あなた――以前、オーディション、受けに来なかった?」

美枝が青ざめた。――それは誰の目にもはっきりと分った。

「いいえ!　とんでもない!」

美枝は強い口調で言った。「そんなこと決してありません！　決して！」

食卓は奇妙な静けさに包まれた。


「私――」

と、美枝がポツリと言った。「こんな所に来るんじゃなかったわ」

幸い、智次はTVのサッカーの中継に熱心に見入っていて、

「――何か言った？」

と、美枝の方を振り向いたのは、しばらくしてからだった。

田所美枝は首を振って、

「何でもないわ」

と言った。「やっぱりまずかったんじゃないの？」

結局、美枝は菱倉家に一泊していくことになった。

一応、泊るつもりで仕度はして来た美枝だったが、

「――あの夏子さんって方、いやな目つきで私を見てたわ」

智次は、TVがCMになると、

「――放《ほ》っとけよ」

と、立って来て、美枝の肩に手をかけた。「あの叔母さんは、誰だってあんな目で見る

んだ。気にするなよ」

「ええ……」

美枝は、ちょっと微笑んで、「私、お風呂《ふろ》に入りたいわ」

「ああ、先に入って。この部屋にバスルームがついてるから、気がねなんかいらないよ」

「本当ね。他の部屋も？」

「全部じゃない。兄貴と僕の部屋だけさ。他の連中は二つあるバスルームを使ってる」

智次は少し得意そうだった。

バスルームが二つあるだけでも大したものだ。

「あなたとお兄さんの矢一郎さんがバスルーム付き？　弟さんは？　哲也さん……だったかしら」

「あの落ちつかない奴だろ。哲也の部屋にはバスルームは付いてないよ。弟っていっても、腹違いなんだ」

美枝はちょっと目を見開いて、

「じゃ、お母さんが――」

「うん。親父が囲ってた女に生ませた子さ。女が死んじまったんで、ここへ引き取ったんだ」

「そうなの……」

——母親が違うとはいえ、同じ家の中に兄弟として暮しているのだ。「区別されて当然」と思っているらしい智次の言葉に、美枝は反発を覚えた。

「お父様は？　ここにおられないの？」

と、美枝は訊《き》いた。

「親父はね、菱倉正市《まさいち》といって、脳溢血《のういっけつ》で入院してるんだ。もう二年くらいになるかな」

「じゃあ……お会いできないの？」

「そうだな。会っても分らないよ。——ただし、このことは外部には秘密なんだ」

美枝には理解できないことだった。

「ともかく、お風呂を使わせていただくわ」

と、美枝は着替えを入れたビニール袋を手にして言った。

「ああ、そうしてくれ。一緒に入るかい？」

「だめよ。それは結婚してからにして」

美枝も、むろん智次と寝ていないわけではない。お互い大人だ。

しかし、智次の家の風呂で、ふざけ合うわけにはいかない。——そう。誰が聞いているか分らないのだし。

美枝は、一流ホテルにも劣らないバスルームへ入り、大きなバスタブにお湯を出しておいて、服を脱いだ。

鏡に、下着姿の自分を見て、美枝はヒヤリとした。

まさか。――まさか、こんな所であの男に出会おうとは。

鏡を見ていた美枝は思わず目をつぶってしまった。

ほんのわずかの間、数えるほどでしかない経験だったのに。よりによって、そのときにやって来たのが、智次の弟、哲也だったなんて……。

私はどこまでツイてない女なんだろう。

でも――そう悲観したものでもない。

哲也はあのとき、ずいぶん酔っていた。だから、美枝を「どこかで会った」女だとは思っても、はっきりと思い出すことはできないのだ。

怖がることはない、と美枝は自分に言い聞かせた。

もし哲也が何かの拍子で思い出して、

「あんたは風俗嬢だったろう！　僕の相手をしたじゃないか」

と言ったとしても、平然として、

「人違いですよ。よく似た人だったんじゃないですか」

と、とぼけてやればいい。

焦って、むきになって否定したりすれば、却って認めるようなものだ。しかし、あんまり落ちつき払っていても妙かもしれない。

「失礼なことを言わないで！」

と、怒って見せるぐらいが、ちょうどいいかもしれない。

――美枝は熱めのお風呂が好きだ。

自分が今住んでいるアパートの、膝《ひざ》を抱え込むようにしないと入れない、小さなバスタブとは比べものにならない。ゆったりと体を伸せる。そのバスタブは、美枝の内の不安を溶かしてくれるかのようだった。

お湯に全身を浸し、目を閉じる。

――一瞬のことではあるが、このお風呂に毎日入れるのなら、それだけで智次と結婚してもいい、と思った。そして笑ってしまった。

「私も、ずいぶん自分に安値をつけたもんね……」

と呟《つぶや》くと、美枝はバスタブの中で思い切り伸びをした。

5　人間模様

居間のドアがそっと開いて、中を覗《のぞ》き込んだのは菱倉誠だった。

誰もいないと分るとホッとして、入って来る。

風呂は早々にすませて、シルクのガウンをはおっていた。妻の夏子は、ちょうど風呂へ入ったばかりで、長風呂なのでしばらくは出て来ない。

菱倉誠は、だだっ広い居間の奥のソファに腰をおろすと、ガウンのポケットからケータイを取り出した。

ボタンを押そうとしていると、ドアが開いて、家政婦の陽子が立っていた。誠はあわててケータイをポケットへねじ込んだ。

「お飲物でもお持ちしましょうか？」

と、陽子がいつもの淡々とした口調で訊く。

「いや、結構だ。ありがとう」

と、誠は何とか笑顔を作った。

「ご用があれば、お呼び下さい」

「うん、そうするよ」

ドアが閉った。

「――びっくりさせるな！」

誠はつい愚痴を言っていた。「全く……。どこにでも、お化けみたいに現われるんだからな、あの女は」

ケータイのボタンを押して、耳に当てる。

――呼出音が聞こえると、不安げになる。

出てくれるだろうか？　それとも、もう眠ってしまったのか。

三回、四回、五回……。

呼出音の数を、いつしか数えている自分がいた。――だめだ。今夜も出てくれないのか。

諦《あきら》めかけたとき、

「もしもし？」

と、向うが出た。

「――やあ」

誠は安堵《あんど》の表情になって、「さっきはすまなかったね。夕食の途中だったんでね」

「ごめんね。困ったでしょ」

明るく、ちょっと舌足らずな声が、誠の耳をくすぐる。

「いや、大丈夫さ」

「でも、奥さんも一緒だったんでしょ?」

「ああ、しかし――大丈夫。女房は何も気が付きやしないよ」

と、誠は言った。

「そう? それならいいんだけど。――私、結構、電話かける時間がないのよね。何しろ夜は仕事でクタクタで」

「いいんだ。分ってるよ。大変だね、TVの仕事も」

と、誠は年上らしい「思いやり」の気持を示して言った。「じゃあ、今も眠ってたのかい? 悪かったね。起しちゃったかな」

「少しウトウトしかけてた。でもいいのよ」

――女房は何も気が付かない。

そんなわけはない! 誠だって分っている。

夏子が言う「当てこすり」に、胃が痛くなることも再三だ。

それでも、夏子がそばにいるとき、ケータイの電源を切っておくことが、誠にはできない。

切っている間に、もしあの子からかかって来たら、と思うと……。いい年をして、と我ながら思わぬではない。

　しかし、恋する者の苦しみは、十代も六十代も同じなのだ……。

「それで――どうだろうね」

　と、誠は訊いた。

　少し間があって、

「――何だっけ？」

　と、久保《くぼ》秀美《ひでみ》は言った。

「この間、メールで……。ほら、君が焼肉のおいしいのを食べたいと言ってたから」

「ああ！　あのことね。ごめん。昨日、スタッフの人たちと食べに行っちゃったの。いくら好きでも、そう焼肉ばっかりじゃね」

　誠の表情がこわばった。しかし、口調はあくまでソフトに、

「そりゃそうだね。じゃ、また少し時間を空けてからにしよう」

「うん。ごめんね」

「いや、私の方が無理を言って……」

「そんなこと言わないで。私の方がうっかりしてたんだもの。ねえ、いつか行った、お茶漬のおいしかったお店、また行きたいわ」

「ああ、いいとも！　時間はありそうかい？」

「そうね……。明日でもいい？　夜七時ごろには仕事終ると思うけど」

「ああ、いいとも。じゃ、迎えに行こう」

「大丈夫。場所、分るわ。マネージャーさんとかに見られたくないし」

「分った。それじゃ……」

「お店に七時半ね。じゃあ、もう寝るわ。ごめんね、ゆっくり話してられなくて」

「いや、いいんだ。じゃあ明日――」

「おやすみなさい」

「おやすみ……」

――誠は、彼女が切るのを待っていた。

自分から切りたくなかった。

頰が熱くなっている。

何ということだ。娘――いや、孫のような久保秀美に恋してしまうとは。

自分は六十六。秀美は十九歳である。

こんなことになるとは……。

「叔父さん」

と呼ばれてハッとする。

菱倉哲也が、いつの間にか居間に入って来ていた。

「何だ。――いたのか」

誠はケータイをガウンのポケットへ入れた。

「メールしといた方がいいですよ」

「え？」

「秀美は、半分眠ってるときの約束なんて、すぐ忘れちゃいますから。ケータイにメールで明日の約束の時間と場所を入れとくんです」

「ああ……。なるほど」

「それでも来るとは限らない。――でしょ？」

誠は引きつったような笑みを浮べ、

「仕方ないよ。こっちはこんな老人だ。あの子が同じ年代の友だちに誘われたら、そっちへ行きたくなる。――でも、一応メールを入れとこう。ありがとう」

ケータイを持ったのも、メールが送れるようになったのも、秀美と付合い出してからだ。

「――どうも、責任感じちゃって」

と、哲也がソファにかける。

「お前がどうして……」

「だって、あの子を紹介したのは、僕だからね」

「ああ、そりゃあそうだが……。付合い出したのはお前のせいじゃない」

と、誠は微笑んだ。「感謝してるよ。本当だ。この年になって、こんなにワクワクすることがあるなんて……」

「そう言ってくれると嬉《うれ》しいよ」

哲也は、重厚な浮彫りのあるサイドボードからブランデーを出して、グラスに注いだ。

久保秀美は、哲也が手がけているタレントの卵だ。十九歳という年齢は、正直今の女の子としては決して若いデビューではないが、年上の「おじさま」たちをひきつけるものを持っていて、少しずつＴＶの仕事が入り始めていた。

「叔母さんには黙っててね。僕の所の子だってことは」

「ああ。――あいつは何も訊《き》こうとせん。わざと無視しているのさ」

「叔父さんがもてるってこと、知らないんだな。秀美も、いつも言ってるよ。『誠さんと会ってると、何だか安心するの』って」

「本当かい？　私はどうも――あの子を退屈させちゃいないかって気になって……」

「秀美は、あれで結構大人だからね。同じ年代の男の子たちは軽すぎてつまらないんだよ。――ね。叔父さん。今はあの子にも大切な時期だ。売れないタレントなんかとスキャンダル起されるのが一番怖い。叔父さんがよく見ててやって」

「うん。――うん、もちろんだ」

誠は頬を紅潮させて、何度も肯《うなず》いた。そして、時計へ目をやると、

「もう行かないと。――夏子が風呂《ふろ》から上るだろう」

と、ソファから立ち上った。

「叔父さん」

哲也が声をひそめて、「秀美はあさって、オフなんだ」

「――何だね?」

「あさっては休みってこと。だから、明日の夜は少しぐらい遅くなっても大丈夫だよ」

「ああ……。そうか」

誠は哲也から目をそらし、「まあ……私もそう遅くまでは……」

「今夜の兄貴が連れて来た女、どう思った? 金目当てだよね、まず」

哲也はわざと話を変えた。

「まあ……見た目だけじゃ分らんよ、人間は」

「智次兄さんは女を見る目がないからな。――あの女、田所美枝っていったっけ? ちゃんと素性を調べた方がいいね」

グラスを揺らすと、静かにブランデーの香りが立ち上ってくる。

「おやすみ……」

と、誠がドアの方へ行きかける。

「頑張って」

と、哲也は声をかけ、ちょっとグラスを持ち上げて見せた。

誠はドアを開け、出て行こうとして手を止めると、

「――なあ、哲也」

と言った。「お前、力を貸してくれるか」

「僕にできることならね」

「いや……。一度でいい。一度でいいんだが……」

と、誠は口ごもった。

「秀美のこと？」

「――うん。私のような年寄など、気味悪がって断られるだろうが」

「そんなこと、言ってみなきゃ分らないよ」

「お前――訊いてみてくれないか。いや、無理に、と言ってるわけじゃない」

と、誠は続けた。「別に――あの子と寝るといっても、本当に添い寝してもらえば充分なんだ。あんな若い子を満足させることなんか、できるわけがないしな」

「そこまでは、僕もタッチできないね」

と、哲也はニヤリと笑った。「でも、話しておくよ。明日の晩なら、時間は大丈夫。ただ、叔父さんは外泊なんかしないからな」

哲也は少し考えていたが、

「――よし。叔父さんのためだ。僕が飲みに誘ったことにしよう。泊らなくても、夜中までいられれば大丈夫だろ？」

「いいのか？　ありがとう」

「その代り、秀美がどうしてもいやだと言ったら、諦《あきら》めてよ」

「むろんだとも！」

「まあ、たぶんあの子のことだ。ＯＫすると思うがね」

「そうだろうか……。何かプレゼントを買って行った方がいいかな」

「秀美はブランド品が好きだからね。シャネルとかエルメスとか、小物を買って行けば？自分で選ばないで、店員に十九歳の女の子だと言って、決めてもらった方がいいよ」

「ああ。――そうしよう。ありがとう」

「明日、待ち合せたお店から僕のケータイにかけて。うまく段取りするから」

「分った。頼むよ」

誠は、少年のようにいそいそと出て行った。

――二階へと階段を上って行く誠を、そっと見ていたのは、家政婦の陽子だった。

「もしもし、秀美か」

「あ、社長さん」

「『社長さん』は後輩のいる所だけにしろ。明日、叔父さんと会うんだろ?」

と、哲也は言った。

誠が行ってすぐ、ケータイで秀美へかけたのである。

「うん……。会った方がいいんでしょ?」

「損はない。叔父さんは、いずれ大きな金を動かせる立場になる」

「いいけどね、おいしいもん、食べられるし……」

「明日、その後も付合ってほしいんだ」

哲也の言葉を聞いて、秀美はしばらく黙っていた。

「――秀美?」

「聞こえたわ。それって、あの人が私のマンションに来るってこと?」

「お前のマンションはまずい。万一写真でも撮られるとうまくない。ホテルを取っとくから。今一番人気の〈Pホテル〉だ。いいだろ?」

「泊るの?」

「叔父さんは遅く帰るが、お前は泊っててっていい。――いやか?」

「仕事だと思えばね……。今度のレギュラーの話、私に回してよね」

「いいとも」

「約束だよ」

「ああ、約束する」

「分った。――じゃあ、そのつもりで行く。でも、大丈夫なの？　あの人、途中で死んじゃったりしない？」

秀美は本気で心配していた。

「そんなのは、映画やドラマの中だけの話さ。叔父さんは別に血圧も高くないしな。万一、何かあれば、俺のケータイへかけろ。ホテルのバーにでもいるから」

「ずっと？」

「一緒に帰るんだ。叔父さんとな」

「そう」

秀美は安心した様子だった。

「じゃあ、明日、叔父さんと食事がすんだら〈Pホテル〉へタクシーで行け。俺の名前で予約しとくから、フロントで鍵《かぎ》を受け取るんだ」

「分った」

と、秀美は言って、「ねえ……」

「何だ？　まだ何か心配ごとか？」

「そうじゃないけど……。私があの人と寝て、社長さんには何かプラスになるの？」

哲也は、意外な問いにちょっと詰ったが、

「お前も心配性だな」

と笑って、「大いにプラスになるんだ。いずれ、兄貴の矢一郎が〈H商事〉の社長になる。そのとき、俺の立場に立って、味方してくれるのが叔父さんだ」

「よく分んないけど、ともかく役に立つのね？　それならいい」

と、少し割り切れた様子。「じゃあ明日」

「ああ、おやすみ」

哲也はそう言って、通話を切った。

――ブランデーグラスを空にして、哲也は立ち上ったが、そのとき、階段を下りてくるスリッパの音を耳にした。

あの独特の音は、兄の矢一郎だ。

ここへ来るとしか思えない。

もちろん、ごく当り前に、

「おやすみ」

と言って、出て行くのも手だが、なぜか今はこのままここにいたいと思った。

哲也は奥のソファのかげへと急いで駆け込むと身を潜めた。

思った通り、あのスリッパの音が居間へ入って来る。

哲也は、矢一郎のスリッパの音が、隠れているソファの方へと真直《まっす》ぐに近付いて来たので、一瞬、気付かれていたのかとヒヤリとした。

しかし、矢一郎はソファにドサッと身を沈め、どうやら自分のケータイを取り出したらしい。

やれやれ、と哲也は苦笑した。舞台劇なら、「ケータイの場」とでも名付けるかな。

「——ああ、里中《さとなか》か。菱倉だ」

里中？——哲也には聞き憶えのある名前だった。誰だったろう？

「話は分ってるだろう。この間のアマリアの件だ」

そうか！　あの、矢一郎が付合っているモデルのアマリアという女の子。あの子の所属している事務所の社長が里中だった。

「——まだ話してないだと？　何をグズグズしてるんだ！」

矢一郎は苛々《いらいら》と言った。「いいか、いつでもこっちは仕事を引き上げられるんだぞ」

クライアントの立場をかさに着て、事務所へ強く出る。——よくあるタイプだ。

しかし、哲也も矢一郎がここまでするのかと、少々失望した。

アマリアが、矢一郎と付合いながら、体の関係を持つことを拒み続けているということは、哲也も業界の噂で聞いていた。

「——もちろん、アマリアのことは諦めないさ。だが、こっちもそういつまでもは待てない。分るな」

と、矢一郎は念を押した。「それから、もう一つ仕事がある。これは他の子にやらせてほしい。——ああ、むろん裏の仕事だ。しかし金にはなる。分るか。——ああ、明日、女の子を選んで連れて来い」

何の話だろう？

「うん、若い方がいい。——いや、もっと若い子だ。できたら、十三、四だな。もっと若くてもいい」

聞いていた哲也もびっくりした。

十三、四？　それじゃ「若い」と言うより「幼い」と言った方が正しい。

そんな子供に何をさせようというのだろう？

「——よし、楽しみに待ってるぞ」

と、矢一郎は言った。「アマリアのことも忘れるな。それこそ、あの子に頼まれて、どれだけそっちに儲《もう》けさせてやったと思ってるんだ？　——分ってりゃいい。ともかく、アマリアを説得しろ。いいな」

こっちの話は至って分りやすい。

しかし、誠と秀美ほどではないにせよ、矢一郎とアマリアだって、二十歳くらいは離れているはずだ。

男はいくつになっても男だな、と哲也は思った。

――矢一郎がため息をつくのが哲也の耳に聞こえた。

そのとき、誰かが居間へ入って来た。隠れている哲也には、ドアの開く音だけが聞こえた。

「――何だ」

と、矢一郎が言った。「聞いてたのか」

誰だろう？　無言のまま、その「誰か」は矢一郎の方へやって来た。

「――心配はいらない」

と、矢一郎は言った。「何もかもうまく行ってる」

その「誰か」が矢一郎の隣に座った。

隠れている哲也は、かすかにオーデコロンか香水のような匂いをかいだ。

「大丈夫だ。任せといてくれ」

と、矢一郎は言った。「菱倉の家は、守ってみせる。どんなことをしても」

そう言ってから、矢一郎はさらに付け加えた。

「たとえ――人殺しをしても」

聞いていた哲也は、ゾッとした。兄のことはよく分っている。この言い方は冗談ではない。

「さあ、もう寝よう」

と、矢一郎が促し、その「誰か」は矢一郎と共に居間から出て行った。
――哲也はそろそろと立ち上った。
今のは誰だろう？
しかし哲也には、それを知るすべはなかった……。

6　人ごみ

「こんな時間に……」

と、晴美がため息をついた。「さっきから三十メートルしか進んでないわ」

「俺のせいじゃない」

と、片山はむくれている。

「誰もお兄さんのせいだとは言ってないじゃないの。ひがみっぽいんだから。——ねえ、ホームズ」

「ニャー……」

ホームズは一人、後部座席でのびのびと横になっていた。

運転しているのは片山、助手席には晴美が座っていた。

車は渋滞の中、身動きがとれない。

——夜、すでに十二時になろうとしているのに、六本木《ろっぽんぎ》の通りは混雑している。

「凄《すご》いわねえ、こんな時間に」

と、晴美は車の窓から、めまぐるしいほどのネオンや看板の列と、そこここにたむろする若者たち、そして店に客を誘う黒服の男たちと、超ミニスカートの女の子たち……。

「何だか寒そうね、あんな格好じゃ」

と、晴美は言った。「あんな超ミニで立ってるなんて、辛《つら》いわね」

「何でも、商売となりゃ大変さ」

と、片山はやっと車三台分ぐらい前進して言った。「見ろよ、もっと凄いのがいる」

「え？――わあ、大変！」

晴美も、さすがに目を丸くしたのは、通りでチラシを配っている女の子三人。――何とビキニの水着姿！

「あれじゃ風邪ひくわね」

晴美も同情した。

「ニャー」

ホームズが、窓のところへ前肢《まえあし》をかけ、のび上るようにして外を眺めている。

「ホームズ、お前もビキニの女の子が見たいのか」

「お兄さん、ホームズはメスよ。女の子の水着見てどうするの」

「ニャー……」

ホームズが、注意を促すように鳴いた。

「あら、お兄さん」

と、晴美は目を丸くした。「あのビキニの子、よく見て」

「何だよ?」

「あの子、ほら、菱倉矢一郎と一緒に食事してた子だわ」

「あのアマ……何とかいう子か?」

「そうそう、アマリアだわ」

確かに、寒さに震えながら、チラシを配っているのはアマリアに違いなかった。

晩秋の風は冷たく、しかも真夜中。

この状態の中で、ビキニの水着でチラシを配るというのは無謀だ。

「何だか可哀そうみたい」

車の中から見ていた晴美が言った。

「うん……。しかし、俺たちにゃどうしようもないじゃないか」

ハンドルを握る片山が言った。「さっぱり進まないな」

相変らず通りは大渋滞している。

――晴美は車からアマリアを見ていたが、

「ねえ、ビキニの子、三人いるけど、二人はちょっとチラシを配ると、お店の中へ引っ込んでるわ。寒くて立ってられないのね、きっと」

「三人の内二人？」

「そう。アマリア一人が、ずっと立ち続けてる。——頑張り屋なのね」

「そんな思いまでして、タレントになりたいのかな」

と、片山は首を振った。「やっと少し車が流れそうだ」

そのとき、やはり車の窓からアマリアを眺めていたホームズが、

「ニャー」

と、注意を促す鳴き方をした。

「お兄さん！」

と、晴美が言った。「車を停めて！」

「ええ？　何だよ、やっと少し動き出したのに」

「いいから停めて！」

晴美の声に、片山も仕方なく車をぎりぎり歩道の方へ寄せて停った。

「どうしたんだ？」

「あの子の様子が変なの」

片山もアマリアの方へ目をやった。

ビキニの水着の、他の二人はいなくなっていた。そして、一人立っていたアマリアは、
まだ手に残っていたチラシの束を取り落とすと、フラッとよろけたのだ。

「危いわ！」

晴美はドアを開けると、ガードレールをまたいで、アマリアの方へと駆け寄った。

「アマリアさん！　大丈夫？　しっかりして」

晴美の声は聞こえていても、誰の声か分らない様子で、アマリアは、

「チラシが……」

と呟《つぶや》くように言った。

そして晴美の腕の中へ、ぐったりと倒れ込んで来た。

「アマリアさん！」

抱きかかえた晴美は、アマリアの体がカッカと燃えるように熱いのでびっくりした。

「凄い熱だわ」

晴美は、アマリアを引きずるようにして車の方へ連れて来た。「お兄さん！　ドアを開けて！」

「どうしたんだ？」

「凄い熱なの。病院へ行って。どこでもいいわ」

「分った」

片山も一旦《いったん》車を降りて、後ろの座席にアマリアと晴美を乗せる。

「――この近くだと、N医大病院だな」

そこは刑事稼業のいいところで、片山は強引に車をUターンさせると、前に捜査で世話になった医師へ、晴美から電話を入れさせたのである。

「すぐ入院できるように待っててくれるって」

「良かった。――おい、後ろに毛布があっただろ」

「そうだ。体を包んどきましょうね」

と、晴美は肯《うなず》いて、「お兄さんも、たまにはいいこと言うわね」

「ほめてるつもりか？」

幸い、病院への道はスムーズに流れ、十分ほどで着いた。

看護婦が待っていて、すぐにアマリアをストレッチャーに乗せて運んで行く。

「――やあ、どうも」

まだ三十代の医師が片山と握手をして、「その節はお世話になって」

「いえ、こちらこそ」

「あの子、アマリアでしょ」

「ご存知なんですか？」

「いや、うちの院長が大ファンでしてね。入院ってことになったら大喜びで回診に行くだろうな」

片山は、びっくりした。――どこでどうなっているか、分らないものである。

誤解されては困るので、簡単に事情を説明した。

「この寒さの中にビキニ姿で？　何てことだ」

医師の名は安田《やすだ》といった。片山が知っている限りでは、確かまだ独身の三十五、六。

「事務所の人に連絡した方がいいかもしれないわね」

と、晴美が言った。

「それには及びません」

と、安田が言った。

「え？」

「そんな非常識な仕事をさせるような事務所には、少し心配させときゃいいんです」

安田の言い方は晴美を喜ばせた。

「本当にその通りだわ」

「しかし、捜索願でも出されると……」

と、片山が心配すると、

「こうしましょう。僕がたまたま通りかかって、彼女を助けたと」

と、安田が言った。「彼女が誰なのか、全く知らずに運んで来た。そうしておけば、連絡が遅れても大丈夫でしょう」

「それがいいわ。じゃ、後はよろしく」

「お任せ下さい」

と、安田は微笑んだ。

「でも――あの子、ビキニの水着のままなのよね。売店、開いてませんよね。下着とパジャマくらいは……」

「看護婦に言って、何とかします」

と、安田は言った。「ビキニの水着は、事務所のものですかね」

「さあ……」

晴美もそこまでは知らなかった。

「ともかく診察をします」

と、安田は急いで行ってしまい、

「じゃ、俺たちは帰るか」

と、片山は欠伸《あくび》をした。

「診察の結果くらい聞いて行きましょうよ。冷たい人ね」

「俺はただ……」

片山が憮然《ぶぜん》として、黙ってしまう。

片山が腕組みして長椅子にかけていると、ホームズが隣に座って、慰めるように片山の膝《ひざ》に頭をのっけて目をつぶった。

「――お前は分ってくれるよな」

と、片山は言った。「俺がやさしい人間だってことを……」

「ニャー……」

「そうか。分ってくれるか。――ホームズ、お前はいい奴だ」

片山がつややかな毛をなでながら、しみじみと語りかける。しかしホームズはすでに眠っているのだった。

「――何をブツブツ言ってるの？」

と、晴美が言った。「看護婦さんが見て笑ってるわよ」

「ごめんなさい」

と、本当に笑いをかみ殺しながら、若い看護婦がやって来た。「あんまりその猫ちゃんが可愛いんで」

「ええ、この妹とは違ってね」

片山の言葉に、晴美がジロリとにらむ。

看護婦がそれを聞いて、

「あら、ご兄妹《きようだい》なんですか。私、てっきりご夫婦かと思いました」

と言った。

とたんに、片山と晴美が同時に、

「とんでもない！」

と言ったので、ホームズが目をさまし、顔を上げて、ワーオと大欠伸をした。

——十五分ほどして、安田医師が戻って来た。

「やあ、お待たせして」

「どうですか、アマリアさん？」

と、晴美が立ち上った。

「もともと風邪を引いてたんでしょう。そこへ寒風の中、ビキニで立っていたとあっちゃ、ひどくならない方がふしぎです」

「それじゃ……」

「風邪をこじらせて、肺炎を起しています。そうひどくはないが、やはり二、三日入院した方がいいでしょう」

と、安田が言った。

「分りました。じゃ、明日また来ますわ」

と、晴美は言った。「じゃ、帰りましょ、お兄さん」

「ああ」

片山も立ち上って、「さあ、行くぞホームズ」

片山たちは病院を出て、

「──あれ？　ホームズは？」

振り返ると、ホームズは出口の所で立ち止って、中の方を振り向いている。

「おい、ホームズ。どうしたんだ？」

と、片山が声をかけると、ホームズはトコトコやって来た。

「何だい。気になることでもあるのか？」

と、片山は訊《き》いたが、ホームズは何も答えずに、黙ってそのまま車の方へ歩いて行った。

「──どうかしたのかな」

「さあ」

と、晴美は肩をすくめて、「猫の考えてることは、難しくてよく分らないわ」

──片山たちは、車で病院を後にした。もう午前二時に近い。

「やれやれ……。これじゃ、明日は寝不足だ」

ハンドルを握った片山が欠伸をかみ殺す。

「居眠り運転はやめてね。代る？」

「大丈夫だ」

片山のケータイが鳴った。「誰だろう。見てくれないか」

「ええ。──石津さんからよ」

「出てくれ。こんな時間に何だ？」

「分らないけど……。──もしもし、石津さん」

「晴美さんですか！」

石津の声が弾んだ。「いやあ、今夜はツイてるな！　片山さんへかけたら、晴美さんが出るなんて！　片山さん、どうしたんですか？　病気で寝込んでるとか？」

「病気にしないで」

と、晴美は笑って、「今、車を運転してるの。帰りがちょっと遅くなって」

「そうですか。いや、晴美さんがお元気なら、僕は片山さんのことはどうでもいいんです」

「でも、兄にかけて来たんでしょ？　用事は？」

「あ、そうだった。──今、車ですか？　どこを走ってるんですか？」

「青山《あおやま》の辺りよ」

「じゃあ〈Pホテル〉は近いですね」

「そうね。ここからなら──十五分はかからないと思うわ」

と、晴美は車の外へ目をやりながら言った。

「〈Pホテル〉で何かあったの？」

「実は殺人事件が──」

「殺人？」

「ええ、まあそんなもんです。でも、片山さんも晴美さんもお疲れでしょうし……」

晴美は片山の方へ、

「〈Pホテル〉で殺人ですって」

「分ったよ」

片山は、ため息と共に言った。「すぐ行くと言ってくれ」

「ええ。――石津さん、これから〈Pホテル〉へ回るわ。石津さんは今どこなの?」

「今、現場です。少ししたら、ホテルのロビーに下りて、待ってます」

「お願いね。それじゃ」

と、晴美は通話を切って、「――お兄さん、どうして車を停めちゃったの?」

「〈Pホテル〉って、どこだったか忘れちまったんだ」

と、片山は怒ったように言った。「やっぱり、カーナビ、付けた方がいいかな」

午前二時を回っているのに、ロビーのラウンジはまだ開いていて、席はほとんど埋っていた。

「本当に夜ふかしね、今の若い人は」

と、晴美が呆《あき》れたように言って、「いやだ、自分だって若いのに」

ロビーで、石津が待っていた。

「晴美さん、お待ちしてました!」

と、目を輝かせて、「もちろん片山さんのことも」

「無理するな」

「ニャー」

「ワッ!」

石津が初めてホームズに気付いて、「も、もちろん、ホームズさんも大歓迎です、はい」

と、目一杯の愛想笑いを見せる。

「おい、殺しの現場だろ。あんまり嬉《うれ》しそうにするな」

と、片山は言った。「現場は?」

「エレベーターで」

石津に連れられて、片山たちはエレベーターに乗った。

「失礼」

男が一人、片山たちの後から乗って来た。

石津が〈16〉のボタンを押して、

「〈1602〉です」

と言った。「スイートルームです」

「そうか。詳しいことは行ってから聞く」

片山は、同じエレベーターに他の客がいるので、そう言ったのだが、その客は、

「失礼ですが――」

と、声をかけて来た。

「は？」

「あの――今、〈1602〉とかおっしゃいましたか？」

と、その男は訊いた。

「ええ、それが何か？」

「いや……。〈1602〉は、僕の借りた部屋なんで。お間違えになってるんじゃないかと」

片山は石津と顔を見合せた。

「あなたが借りた？」

「ええ、そうです」

エレベーターが十六階に着いた。

「降りましょう」

と、片山は促した。「――実は、我々は警察の者でしてね」

廊下へ出て、男はいぶかしげに、

「警察？　どうして……」

「〈1602〉で人が殺されているんです」

片山の言葉を聞いて、男はギョッとした様子だったが、少しして急に笑い出した。

「何がおかしいんです？」

「いい加減にしてくれよ！　ドキッとしたじゃないか。――刑事役なら、もう少し本物の刑事に見える奴を使えって」

男は周囲を見回して、「さあ、出て来いよ。もうバレてるんだ。全く、今のＴＶは、タレントだけじゃなくて、俺たちみたいなプロダクションの人間まで利用するからな！〈どっきり〉のプラカードはどこなんだ？」

やっと片山にも事情が分った。

「あのですね……」

と、片山は咳払《せきばら》いして、「本物らしくなくて申しわけありませんが、我々は本当の刑事でして」

男の顔から笑いが消えた。

「――まさか」

7　殺人

ドアは開いていた。

「――あ、片山さん」

と、後輩の刑事が顔を出す。「早かったですね」

「たまたま近くにいてね」

と、片山は言った。「検死官は？」

「もう来ると思います」

片山は、二、三歩中へ入って振り返った。

「さあ、どうぞ」

男は青ざめ、ドアの所で立ちすくんで動けずにいる。

「あなたの知り合いかもしれないんですよ」

と、晴美が励ますように言った。「しっかりして下さい」

「いや……申しわけない」

男はハンカチで冷汗を拭《ふ》いた。「まさか――まさか彼女が……」

「彼女というのは？」

「僕の――プロダクションの子です。久保秀美といって……。タレントの卵で」

「久保秀美……。本当にその子かどうか、見ていただかないと」

「分りました」

と、少し立ち直った様子で肯《うなず》く。「彼女は……どこに？」

石津が、

「奥のバスルームです」

と、指さした。

「大丈夫ですか？」

片山が訊《き》くと、男は肯いた。

「失礼ですが、お名前は――」

と、晴美が訊いた。

「ああ、これは……。こっちこそ失礼しました」

と、男は名刺を取り出した。「こういう者です」

名刺には、〈HKプロ・社長　菱倉哲也〉とあった。

「〈菱倉〉？」

晴美が呟《つぶや》く。「まさか……」

片山と菱倉哲也は、石津について、ベッドルームの方へ入って行った。

スイートルームなので、リビングスペースがある。

ベッドルームの奥のドアが開いていて、白手袋をはめた男たちが出入りしていた。

「あそこです」

と、石津が言った。「被害者はシャワーを浴びているところを、刺されたようです。バスタブの中に倒れています」

「分った」

片山も、あまり死体を見るのは好きでない。――好きだという人間はあまりいないだろうが。

それでも素人の手前、平気そうな顔で行かねばならない。

刑事の辛《つら》いところである。

「では、中へ――」

と、片山が言いかけたとき、

「入れて！　入れて下さい！」

と、入口の方で女の声がした。

菱倉哲也が息をのんで、

「あれは……」

「おい、どうしたんだ？」

と、片山が声をかけると、

「中へ入れろ、と言って。この娘が」

と、刑事に腕を取られてやって来た女の子を見て、哲也が、

「秀美！」

と、目をみはった。「お前……。生きてたのか！」

「社長さん！」

「いや――びっくりした！　てっきり、お前が殺されたのかと思って……」

「何があったんですか？」

「分らないよ。――刑事さん、この子が久保秀美です」

「すると、殺されているのは別人ということですね」

「そうだ。――一体誰だろう？」

久保秀美が、顔を固くこわばらせて、

「私が見ます」

と言った。

「秀美、お前――」

片山が、先に立ってバスルームに入って行く。

バスルームはそれほどの広さではないが、バスタブだけでなく、ちゃんと洗い場のついた浴室になっていた。

バスタブに、すっぽりはまるような格好で若い女の子が倒れて、じっと天井を見つめていた。

「──やっぱり」

と、秀美が言った。

「知ってる子？」

「ええ」

と、秀美が肯く。

「──おい、誰なんだ？」

哲也も、さすがに男として情ないと思ったのか、秀美に続いてバスルームへ入って来た。

「社長さん。やよいちゃん」

「何だって？」

哲也は覗《のぞ》き込んで、「──やよいだ。どうして……」

「誰です？」

「もしかすると……」

と、片山が訊く。

「神坂《かみさか》やよいといって、うちのプロダクションの新人です。まだ——十六でした」

「なるほど。しかし、ここはあなたが借りた部屋でしょう？　なぜその新人がここに？」

片山の問いに、哲也は困っている様子だったが、

「実は、これには色々わけが」

「そのようですね」

と、片山が肯く。

「待って下さい」

と、久保秀美が言った。「私、ここで社長さんと会うことになっていたんです」

「君が？」

「ええ。——でも、プロダクションの社長が自分の所のタレントに手をつけるというのは、業界の信用を失くします。ですから、社長さんとしては言いにくいんです」

「なるほど。しかし、別の子がここにいたというのは、なぜ？」

片山の問いに、

「お話しします」

と、秀美は言った。「でも、ともかくここでは……」

「分った。じゃあ、ここを出よう」

片山も内心ホッとしていたのである。

コーヒーカップを持つ手は震えていた。

それでも、ぐっと一口飲むと、菱倉哲也は少し落ちつきを取り戻した様子だ。

――〈Pホテル〉のラウンジで、片山たちは菱倉哲也と久保秀美から事情を聞いていた。

同じプロダクションの新人、神坂やよいが殺されたというのに、十九歳の久保秀美は動揺している気配を見せない。

ミルクティーのカップを持つ手は全く震えていなかった。

「一つ伺っていいですか」

と言ったのは晴美だった。「事件のことを訊く前に」

「何でしょう?」

哲也が深呼吸して言った。

「菱倉って、変った姓ですけど、〈H商事〉の菱倉矢一郎さんと何か関係が?」

哲也が面食らって、

「兄をご存知なんですか」

「あなた、弟さん?」

「はあ」

と、哲也は肯いた。

「確かもう一人ご兄弟が……」

「智次が次男で、僕は三男です」

と、哲也は言った。「ただし、僕は母親が違うので」

「分りました。——同じ家にお住い？」

「ええ。仕事が仕事なので、生活時間が全然違って、あまり兄とは会いませんが」

「分りました。ありがとう」

晴美はホームズの頭をなでた。

「——ああ、そういえば」

と、哲也はやっと思い出した様子で、「あの件ですね。兄のところの七重ちゃんが殺された……。義姉《ねえ》さんが、〈霊媒〉を連れて来るとか言っていましたが」

「我々も一緒に伺う予定です」

と、片山は肯いて、「今は今夜の事件について話して下さい」

「私が話します」

と、秀美が言った。「今夜、仕事がすんでから、社長さんと、このホテルで会うことになっていました。本当なら、夜の七時ごろには終るはずで……」

「それが延びた？」

「別の仕事が入ったんです」

「急に?」

「仕事といっても――」

と、哲也が言った。「大したことではないんです。バラエティ番組で、チラッと出るくらいのことで」

「でも、私たちのような新人には、小さな機会でもむだにできません」

と、秀美は言った。「その収録で、やよいちゃんと一緒になったんです」

「それで?」

「私たちの出番は少ししかないので、待ってる時間が長くて、私、ケータイで社長さんへ連絡してました。――やよいちゃんがそれを聞いていて……」

「このホテルのことも知った?」

「ルームナンバーも聞いていたんだと思います」

と、秀美は肯《うなず》いて、「やよいちゃんは、『秀美ちゃんはいいわね、社長さんに気に入られて』と言いました。――私が、社長さんとお付合しているせいで、仕事をもらってると思っていたんです」

「少しはそれもあったんでは?」

「なかったとは言いません」

と、哲也が言った。「ですが、人気の出る子は、どんなに出番が少なくても出るものです。こちらで仕掛けても、その効果は知れていますよ」

「でも、やよいちゃんはそう思っていませんでした」

と、秀美が言った。「自分だって、社長さんに気に入られればもっと人気が出る。そう思っていたようです」

「それで？」

「その番組の収録がすんだのは、十時過ぎでした。私、着替えをして、すぐこのホテルへ来るつもりでTV局を出ようとしたんです。玄関を出て、タクシーに乗り込もうとしたところへ、ADさんが息切らしながら走って来て、『君んとこの子がいない』って……」

哲也がため息をついて、

「深夜番組は確かに視聴率は取れませんが、それだけ新人の出る機会は多いんです。それでぜひやよいにと思って、プロデューサーに頼み込んで使ってもらうことにしたんですが」

「私、びっくりして、やよいちゃんのケータイへかけてみました。そしたら、やよいちゃんが出て、この〈Pホテル〉へ向ってると言うんです。『一晩くらい、社長さんを私に譲ってよ。いいでしょ』って言って、切ってしまい……。私、困っちゃったんです。何しろ、生番組で、すぐに放映が始まるって言われて。でも、せっかくのチャンスなのに、すっぽかしたりしたら、同じ事務所の子、みんな、出してもらえなくなると思ったので、ADさんに、『私が出ます！』って言ったんです」

「それで良かったんだ」

と、哲也は肯いて、「新人が番組をすっぽかしたりしたら大変なことになる」

「もちろん、名前のタイトルを変えたりするので大変だったみたいですけど、すぐその前の番組に出ていたので、それを利用して何とか……。でも、社長さんに連絡する暇がなかったんです」

「すると……そのままTVに出ていたんだね」

と、片山が訊《き》く。

「ええ。生放送なので、休み休みですけど、スタジオから一歩も出られませんでした」

「終ったのは？」

「一時半です。急いでここへ駆けつけると、あの部屋で、やよいちゃんが……」

秀美は身震いした。

「すると、菱倉さんはどうしてたんです？」

と、片山が哲也の方へ訊く。

「僕は、ここのバーで秀美を待ってたんですが、なかなか現われないので、マネージャーへ連絡してみて、事情が分りました」

と、哲也が言った。「でも、秀美は本番中ですから連絡も取れず、一人でホテルの部屋へ入っていても仕方ないので、TV局へ行こうかと思いました。そうしたら、たまたま打合せしなきゃいけない相手から電話が入ったので、ホテルを出て、外で会うことにしたんです」

「そんなに夜遅く?」

「この世界じゃ、午前一時二時に待ち合せなんて、珍しいことじゃありませんよ。どうせ秀美は二時過ぎでないとやって来ない。それなら、と思って……」

「そして、戻ってから部屋へ行こうとして、僕らと一緒のエレベーターに乗った、というわけですね」

「ええ。フロントで訊くと、もうキーは持って行っていたので、てっきり秀美が先に着いたんだとばかり——」

「それじゃ、あの神坂やよいさんは、一人で1602号室へ行って、シャワーを浴びているときに殺されたというわけですね?」

「そうとしか考えられません。——可哀そうなことをしました」

と、哲也がため息をつく。

「でも、やよいさんは一人でいたわけでしょ?」

と、晴美が言った。「犯人はどうやって部屋へ入ったのかしら」

「さあ、それは……」

「フロントに当ってみよう」

と、片山が言った。

そこへ、石津が足早にやって来て、

「片山さん。検死官が到着しました」

「分った。すぐ行く」

片山が席を立つと、晴美も一緒にエレベーターの所までやって来た。

「――どう思う？」

と、晴美は言った。

「あの菱倉って男の話は怪しいな。もちろん裏を取るけど」

「私もそう思ったわ。あの女の子の方は、話がスムーズ過ぎない？」

普通、刑事に話をするとなれば、多少は緊張して、内容が混乱したりするものである。

確かに、久保秀美の説明は、あまりに理路整然とし過ぎていた。

「何かありそうだな」

と、片山は肯いて、「もう少しあの二人と話してみてくれ」

「ええ」

――ホームズは一人、椅子に残っていた。

前肢《まえあし》を体の下へたたみ込むようにして、じっと目を閉じている。

哲也と秀美は、猫のことはあまり気にしなかった。

「あれで良かった？」

と、秀美は言った。

「ああ。――助かったよ」

「本当のことよ。ほとんどは」

と、秀美は微妙な言い方をした。

「ああ。――そうだな」

「誠さんと会うことになってたとは言えなかったから、あなたが相手だって言ったんだけど」

「うん、それで良かったんだ」

「でも、もし嘘がばれたら、疑われるかもしれない」

秀美の目には不安げに訴えかけるような表情が浮んでいた。

「大丈夫。君は係り合いになるな。さっきの話で押し通してくれ」

「でも、あなた、本当に誰かと外で会ってたの？」

「いや、あれはとっさの思い付きだ」

「それじゃ――」

「心配するな。僕が色々面倒をみてやった奴がいる。一人暮しで、年中夜ふけに出歩いているから、そいつが会った相手だったということにしよう」

哲也は立ち上って、「戻って来たら、僕はトイレに立ったと言っといてくれ」

「ええ」

哲也が足早にラウンジから出て行くと、一人残った秀美は心細げに見えた。

「そうか。——一人じゃなかったね」

秀美は、椅子に背中を丸くして座り、じっと目を閉じている三毛猫の方へ話しかけた。

「ホームズ、っていうんだっけ？　名探偵なの、お前は？」

と、秀美は少しおどけた口調で言ったが……。

「——どういうことだったのかしら。私が仕事で遅くなるって言ったら、『先にホテルの部屋で待ってる』って、あの人は言ったわ」

菱倉誠。——今夜、本当なら秀美は彼と食事をし、その後、このホテルの〈1602〉の部屋で時を過すことになっていた。

だが、秀美は急に入ったTVの仕事で、食事を付合えなかった。

さすがに申しわけないと思った秀美はきちんとここへ来て、部屋へ行くつもりだった。

しかし、やよいの一件で、またも仕事。

誠に連絡する間もなかったが……。

だから、やよいが「社長さんが待ってる」と思ってやって来たとき、たぶん誠が1602号室にいたはずなのだ。

でも、やよいはその部屋でシャワーを浴び、そして——殺された。

やよいだって、誰もいない部屋へ勝手に入って、シャワーを浴びたりしないだろう。

哲也がいると思って行った部屋に、別の男が待っていたら。——それが哲也の叔父だと分ったとしても、シャワーを浴びたりするだろうか？

——秀美は恐ろしいことを思い付いた。

神坂やよいが番組をすっぽかし、秀美が代りに出ることになったと、哲也はいつ知ったのだろうか？

それは大変な不祥事である。マネージャーが当然哲也へすぐに知らせたのではないだろうか。

哲也は、やよいが間もなくホテルへやってくると知っていたのかもしれない。

哲也が1602号室へ行って、叔父に、

「秀美は今夜はもう来られない」

と告げる。

誠はがっかりして帰って行っただろう。

部屋には哲也がいる。そこへやよいがやって来る。——本当に「社長さんが待っている」わけだ。

秀美は真夜中までTV局から出られない。哲也がやよいを抱く時間は充分にあった……。

「そんなこと！」

と、思わず口に出して言った。「そんなこと、あるわけないわ！」

「──何が『そんなこと』なの？」

晴美が椅子へ戻って来た。

「え……。何でもありません」

と、秀美は言った。「ひとりごとです」

「そう。何か心配なことがあったら、打ち明けて。決して悪いようにはしないから」

そう。馬鹿げてるわ。

あの人が、やよいを殺すわけがない。大体そんな理由がない。

そうよ。──考え過ぎなんだわ。

「──菱倉さんは？」

と、晴美に訊《き》かれて、秀美は反射的に、

「あ、ちょっと電話をかけに──」

と言いかけて、あわてて、「トイレです。ちょっとトイレに」

と言い直した。

失敗した。——知られたくない電話をかけに行ったと白状したのも同じだ。

しかし、晴美は穏やかに、

「そう」

と肯《うなず》いて見せただけだった。

ちょうど哲也が戻って来た。

「私、ちょっと——」

秀美はバッグを手に代って席を立った。

女子化粧室の辺りへ来ると、秀美はケータイを取り出して、菱倉誠のケータイへかけてみた。何もしないでいられなかったのだ。

呼出音がしばらく聞こえて、秀美はやがて、今がとんでもなく遅い時間だということに気付いた。

そんなこと、考えもしなかったのだ。

切ろうとしたとき、向うが出た。

「——もしもし?」

と、秀美が言うと、少し間があって、

「どなた?」

と、冷ややかな女性の声がした。

「あの――」

「菱倉誠の家内です」

秀美は一瞬ギクリとした。

「遅くにすみません。明日かけ直します」

と、急いで言うと、

「秀美さんとかいう人ね」

と、向うが言った。「主人は救急車で運ばれて行ったわ」

秀美は息をのんだ。

「どうなさったんですか?」

「発作ね、たぶん。心臓でしょ」

と、夫人は他人事《ひとごと》のように、「今夜は何かよほど体に悪いことでもあったようね」

「あの……」

「病院ではケータイが使えないから。悪しからず」

そう言って、夫人は切った。

秀美は、ケータイを手に、しばし呆然《ぼうぜん》と立ちすくんでいた。

「――あ」

気が付くと、あの三毛猫が秀美の足下に来て、じっと彼女を見上げていた……。

8　降霊会

みぞれになりそうな、冷たい雨だった。

「時間があるから、急がなくていいぞ。ゆっくりやれよ」

と、片山は助手席で言った。

言うまでもなく、車はあまりスピードを上げられなかった。

ひっきりなしにフロントガラスへ打ちつける雨、木立ちの中の曲りくねった道……。

「陰気な雨ね」

と、晴美が後ろの座席で言った。

「いえ、晴美さんさえいれば、たとえ大嵐でも僕には快晴……」

と言ったのは、ハンドルを握っている石津刑事である。

「お前は分りやすくていい」

と、片山が言った。

「ニャー」

とホームズが同意した。

ホームズは、晴美と並んで後部座席にゆったりと座っている。

「結局――」

と、片山が言った。「今日は誰が出席するんだ?」

「柳井幻栄の名前でファックスが来てるわ」

と、晴美はバッグからその紙を取り出して、「殺された七重ちゃんのお母さん、良子さんね。それと父親の菱倉矢一郎。その弟の菱倉智次。一番下の弟、哲也も。あと、叔父の菱倉誠……」

「入院してたんじゃないのか?」

「大したことなかったみたいよ。心臓というより、何か強度のストレスのせいで、一時的に呼吸困難になったんだろうって」

「ストレスか。それほどのストレスって何だろう」

「さあ……。あの夜なのよね。神坂やよいっていう子が殺された夜」

「怪しいな」

「でも、今日はとりあえず――」

「分ってるよ」

と、片山は肯いた。「降霊会か。何か起ると思うか、ホームズ?」

片山の問いに、ホームズはただ、大きな欠伸《あくび》で答えただけだった。

「陰気な朝だな」

と、智次が言った。

「午前十一時半を『朝』って言うのか？」

矢一郎が皮肉な口調でからかう。

「兄さんだって、今起きて来たんじゃないか」

「俺は一週間、忙しく働いてたんだ。寝不足を取り戻してる。お前みたいに毎日昼ごろまで寝てる奴とはわけが違う」

「あなた」

良子が夫をたしなめて、「智次さんはわざわざ来てくれてるのよ。喧嘩《けんか》はやめて」

聞いていた哲也が、

「大体、これは朝食なのか？　それとも昼食？」

「私はちゃんといつも通り、朝七時には起きていたわ」

と、誠の妻、夏子が言った。「こんな時間に朝食なんて、まともな人のすることじゃないわ」

「芸能界は、夜の十時だって、その日初めて会う相手なら、『おはようございます』だけどね」

と哲也は愉《たの》しげに言った。

——確かに、朝食か昼食か、微妙な時間だった。

しかし、日曜日である。誰でも朝寝坊を楽しんでふしぎはない。

だが今日は特別な日である。

「美枝さん、ゆっくりやすめた？」

と、良子は田所美枝に訊いた。

「ええ」

智次と並んで座っている婚約者は、そっとコーヒーを飲みながら、「ゆっくりと」

と肯いた。

「覚悟しておいた方がいいよ」

と、哲也が言った。「怖い〈霊媒〉に、『犯人はお前だ』って指さされるかもしれないぜ」

「何もしていなければ、怖がる必要はないわ」

と、良子は穏やかに言った。

「——奥様」

いつの間にか、陽子が良子の傍に立っていた。「お部屋のご用意ができましたが、ご覧いただけますか」

「ええ、もちろん」

良子はすぐに席を立った。

――良子がダイニングルームから出て行くと、食事のテーブルは何となく静かになった。

少し間があって、哲也が口を開いた。

「矢一郎兄さん」

「何だ」

「義姉《ねえ》さんは本気なの？」

「何のことだ」

「その〈霊媒〉を呼んで、〈降霊会〉だか何だかをやるってことさ。本当に死んだ七重ちゃんを呼び出せるとでも？」

矢一郎はコーヒーをゆっくりと飲んで、

「俺には分らん」

と言った。「しかし、良子は信じてるらしいし、俺がそんなことはやめろといってもやめやせん」

「そうか……。まあ、どうせ何も分りっこないけどな。でも万一――万が一だぜ、その〈霊媒〉が本当にうちの人間の誰かを『犯人はこの人！』と名指ししたら、どうするんだ？」

矢一郎は無表情に、

「どうもしない」

と答えた。

「――というと？」

「霊媒が言ったことなど、公式に証拠にはならない。そんなことで、誰かを犯人扱いになどできるもんか」

「そうか。――そうだな」

智次が苦笑して、

「しかし、何だか気まずいよな。それに、兄さんは信じてなくても、義姉さんは信じるだろう。義姉さんが自分の手で、その犯人を成敗しようとしたら？」

「考え過ぎだ」

と、矢一郎はあっさりと片付けた。「良子だって、それほど愚かじゃない」

「心配することはないわよ」

と、美枝が言った。

「ああ。別に心配してやしないさ。しかし……」

智次は、夏子の方へ向いて、「叔父さんはどう？　具合悪いの？」

と訊《き》いた。

「さあね」

夏子は、全く無関心な様子で、「本人は、その〈降霊会〉とやらに出るつもりらしいわよ」

「無理しない方がいいのに」

と、哲也が言ったとき、

「無理でも、出なきゃならん」

と、声がして、当の菱倉誠が立っていた。「菱倉家の人間なら、出なきゃならんのだ！」

「――奥様」

二階へと階段を上りながら、陽子が言った。「皆様の前では申し上げませんでしたが……」

「何なの？」

「大奥様が、お話しになりたいそうです」

階段を上る良子の足が止った。

「――分ったわ」

良子は階段を上り切ると、「先に伺った方がいいわね」

「その方が……」

良子は、二階の廊下を、ためらうことなく足早に奥へ向った。

廊下の突き当りのドアの前に立つと、良子はちょっと背筋を真直ぐに伸して、息をついた。

ドアをノックして、すぐに開ける。

部屋は薄暗かった。カーテンがごくわずかしか開けられていない。

広い部屋である。――この菱倉邸の主寝室だ。

大きなベッドが、薄明りの中に浮んでいる。

「――入っていいとは言ってないよ」

ベッドから、少しかすれてはいるが、よく通る声が聞こえて来た。

「お呼びと伺いました」

と、良子は少しも言いわけがましい口調でなく、はっきりと言った。「それに、今日は私、とても忙しいので」

「近くまで歩いて来る暇もないのかね」

「いいえ。でも、お義母《かあ》様が私をおそばへ寄らせなかったのですよ」

良子は、大きなベッドの近くに寄って立った。

――暗さにも、目が慣れる。

ベッドには、小柄な老女が寝ている。いや、巨大なベッドのせいで、いっそうそう見えるのかもしれない。

「ご用件は」

と、良子が言った。

夫の母、菱倉もと代《よ》を見下ろす良子の目は冷ややかだった。

「お前が今日、ここで何をしようとしているか、私が知らないとでも思っておいでかい？」

と、もと代は怒りをこめた目で良子を見上げる。

良子は、みじんもたじろがなかった。むしろ微笑みさえ浮べて、

「まさか。もしご存知なかったら、その方が驚きですわ」

と言った。

「お前は病気の母親の気持を踏みにじるようなことを平気でするんだね」

「お義母様の気持を踏みにじる？　どうしてでしょう」

「知れたことじゃないか！　お前はこの菱倉家の誰かが人殺しだと思ってるんだろう」

「さあ」

良子は肩をすくめて、「〈霊媒〉があの子を呼び出してくれるかどうか分りません。それに――犯人が菱倉家の人間でないとお考えなら、何もご心配はないじゃありませんか」

もと代は、ちょっと詰って、

「――心配なんかしてやしないよ。でもね、こういうことは自然と外へ伝わるものだよ。

世間がどう思うか……」

「あらあら」

良子はちょっと笑って、「お義母様はいつからそんなに世間なんてものを気になさるようになったんですか？　いつもTVのワイドショーでもご覧に？」

「そんな馬鹿げたものは見ないよ。だがね、そんなことをやるのは、お前が菱倉の者を疑っているからだろう」

良子の顔からサッと笑みが消えて、

「もちろんです」

と言った。「あの日、宴席にいた菱倉家の人々の誰かが、あの子を殺したのだと思っています」

もと代は顔を紅潮させて、

「お前は何てことを――」

と言いかけたが、良子はそれを素早く遮って、

「そんなお芝居がかった言いがかりはやめて下さい。私、今日は忙しいんです」

と、叩《たた》きつけるように言った。「お義母様。私は我が子を殺されたんです。これ以上ひどいことには、決してあわないでしょう。私は何も怖くありません。お義母様が、いくらその目で私をにらまれても、あのホテルの化粧室の冷たい床から私を見上げていた、七重

の目に比べたら……」

もと代は、ちょっと息をついて、

「私だって——可愛い孫だったんだからね」

「恐れ入ります」

良子は冷ややかに会釈して、「他にご用がなければ、これで」

返事を待たずに出て行こうとする。

「良子さん」

と呼ばれて振り向くと、

「——正市のことだけどね」

「お義父《とう》さまがどうなさったんですか？」

矢一郎たちの父、菱倉正市は、今も名目上この家の当主だ。二年前、脳溢血《のういっけつ》で倒れてから意識も不明のまま、ある病院に秘かに入院している。

「——今でも時々見舞ってくれるそうだね。ありがとう」

良子は、もと代の意外な言葉に、ちょっと微笑んで、

「病院の費用の支払いのとき、お顔を見に行くだけです」

と言った。

「矢一郎も智次も、さっぱり行かないんだろう。病院の婦長から聞いてるよ」

「みんな自分の生活で忙しいんです」

「そうだね……」

もと代は小さく肯《うなず》くと、「もう行っとくれ」

「失礼します」

良子は、義母の寝室を出て、重いドアを閉めた。そして、手をノブにかけたまま、その床を見下ろしている。

「――奥様」

と、陽子がやって来た。「ゴミでも落ちておりますか」

「いいえ。――このドアの下のカーペットだけど、少し薄くなっていない？」

「さあ……。取り換えてはおりませんが」

カーペットの端は、あまり分厚いと、よく年寄がつまずく。今、端の部分が、きつく押え付けられていたように見える。

出入りするとき、つまずかないように？

――しかし、誰が？

もと代は「寝たきり」のはずだ。

「気のせいね」

と、良子は言った。「じゃ、部屋を見に行きましょう」

二階に並んだ寝室の間に、小部屋がある。小部屋といっても、他の部屋に比べて小さいというだけで、十畳間ほどの広さがあった。

普段は使わない、来客用のベッドや、椅子、テーブルなどをしまってあるのだが。

「――みごとだわ」

ドアを開けて、良子は思わずそう言っていた。

部屋はすべて片付けられていて、カーペットのない板張りの床に、丸テーブル一つ。それを七つの椅子が囲んでいる。

照明は、頭上のシャンデリア一つだが、明るさをかなり落として、部屋全体が静かな光景に見えていた。

「カーテンは付け替えました」

と、陽子は言った。「いつものカーテンでは、外の光がかなり入ってしまいますので、ホテル用の遮光カーテンに」

確かに、正面の窓をすっぽりと覆い隠すカーテンは、ほぼ完全に、外の明るさを遮っていた。

「――よろしいでしょうか」

陽子の問いに、珍しくいささかの自負が聞き取れた。

「申し分ないわ」

「ありがとうございます」

「後は柳井幻栄さんがみえたら、ここを見ていただいて。何か足りないものがあったら、用意してちょうだい」

「かしこまりました」

と、陽子は肯いた。

「――行って」

と、良子は言った。「私はもう少しここにいるわ」

「はい」

陽子は出て行きかけて、「――奥様」

「なあに？」

「今日は――何が起るんでしょう？」

「さあ……」

良子は、丸テーブルを囲んだ椅子の背に手をかけて、「私にも分らないわ。でも、一つはっきりしてることはね、何もしなければ、あの子の死はどんどん忘れられていく、ということ。そして、あの子を殺した犯人は、今この瞬間にも、自由に動き回っているってことだわ」

「よく分ります」

と、陽子は言った。「お邪魔して申しわけありませんでした」

そのとき、門のチャイムが鳴るのが聞こえて、良子も陽子と一緒にその小部屋を出ることにした。

9　緊張の時

「さすがね」

と、晴美が言った。

菱倉邸の門構えは、どっしりとして、「この先は別の世界だ」と宣言しているかのようだった……。

石津が車を降りて、門柱に取り付けられているインタホンのボタンを押すと、ややあって、

「片山様でいらっしゃいますね」

と、ごく自然な声がした。

「僕は片山刑事の部下で、石津という者です。片山さんたちは車の中に」

「どうぞお入り下さい」

門扉が、ほとんど音もなく開いて行く。石津が車へ戻ろうとすると、

「待って！」

と、声がして、どこに隠れていたのか、車に向って駆けて来る女の子。

「あら」

晴美がドアを開け、「あなた、久保秀美さんじゃないの」

「お願いです。一緒に乗せて下さい」

「ええ、いいわよ」

「ありがとう！」

秀美が急いで車に乗り込む。

車は、そのまま門の中へと入って行った。

建物まで、木立ちの間の道が続く。

「大したお屋敷ね」

と、晴美は首を振って言うと、久保秀美の方を向いて、「哲也さんに会いに来たの？」

「はい」

と、秀美は肯いた。「でも、自宅へは来ないように言われてます」

「それで外で待ってたの？」

「今日、何か――集まりがあるんですよね」

と、秀美が言った。「社長さんからそう聞いてたんで、その内どなたかがみえるだろうと……」

「あなたは哲也さんの事務所のタレントさんなんだから、会いに来ても構わないんじゃないの？」

「でも──社長さん、お家ではこういう世界の仕事をしているので、肩身が狭いって……」

「へえ。難しいもんなのね」

──車が建物の正面につける。

車を降りると、同時に玄関のドアが中から開いて、良子が出て来た。

「いらっしゃい。遠い所まで、ようこそ」

と、良子は片山と晴美の手を握った。

「柳井幻栄さんはまだですか？」

と、晴美が訊《き》く。

「ええ、もうそろそろみえると思うんですけど……」

良子は少し苛立《いらだ》って見えた。

そこへ、

「奥様、柳井様からお電話が」

と、中から呼ばれ、

「行くわ。片山さんたちをご案内して」

　と、良子は急いで上って行った。

　おかげで、久保秀美は晴美のそばについて、そのまま広間へ一緒に入れた。

「――すみません」

　と、秀美が晴美の方へ頭を下げた。「私――ここにいない方がいいと思うんで」

「哲也さんを呼んでもらうわよ」

「いえ、あの――」

　と、秀美が言いかけたとき、広間のドアが開いて、

「おい、私のメガネはなかったか？」

　と、菱倉誠が顔を出し、「や、これは失礼！」

　と、片山たちへあわてて頭を下げた。

「菱倉誠さんですね」

　と、晴美が会釈する。

　だが、誠はソファから立ち上った久保秀美に目を丸くして、

「君……どうしてここに？」

「誠さん！　倒れて救急車で運ばれたって聞いて……」

「ああ。――大したことはない。何しろこの年齢《とし》だからね」

　秀美は誠の方へ駆け寄ると、

「心配で、じっとしてられなかったの！」

と、祖父のような誠の手を握りしめた。

「私のことを？　──そのために、わざわざ来てくれたのか」

「お願い、どこか二人になれる所で」

「分った。おいで」

誠が秀美の肩を抱いて、急いで広間から出て行くのを、片山たちは啞然《あぜん》として見ていた。

「──何だ、今のは？」

「私だって分らないわよ」

と、晴美は肩をすくめた。「でも、あの子が一緒だったことは、黙ってた方が良さそうね」

「──失礼しました」

と、良子が入って来た。「今、柳井さんからお電話が。道が混んで少し遅れたけれど、あと十五分ほどでみえるそうです」

「ご安心ですね」

「ええ。──でも、いよいよかと思うと、心配も募ります」

「分りますわ」

──片山としては、微妙な立場である。

「菱倉七重が殺された事件に関しては、片山は捜査に加わっていない。そして、今日の降霊会は、公式には何の手掛りにもならないのである。

片山はとりあえず石津を紹介した。

「そういえば、哲也さんが事件に係って、お世話になったとか」

「ああ、彼の事務所のタレントが殺されたんです。まだ十六の女の子でした」

と、片山は言った。

「どうしてそんな子が……」

と、良子は痛々しげに首を振った。

そして、気を取り直して一息つくと、

「降霊会の前に、同じテーブルを囲んでもらう家族の者を柳井さんへご紹介しておかなくては、と思います。時間も時間ですし、軽くお昼でも召し上っていただこうかと」

それを聞いて、石津の目が輝いたのは言うまでもない。

「では、柳井さんが到着されたら、呼びに参りますので。――今、陽子さんがお茶をお持ちします」

良子がいそいそと出て行く。

「さすがに落ちつかないわね」

と、晴美は言って、静かにソファに並んでいるホームズの毛をそっと撫《な》でた……。

「——何だと？」

菱倉矢一郎の声は、苛立ちを隠していなかった。

「まだ見付からない？　どういうことだ」

正面の広い階段を一階へと下りながら、ケータイで話している。

良子が広間から出て来て、

「あなた、片山さんたちがもうみえてるのよ。そんな大きな声を出さないで」

「ああ、分ってる」

と、矢一郎は言い返し、「——もしもし。——いや、こっちの話だ」

矢一郎は、一階の廊下を奥へ入って、足を止めた。

「アマリアが行方不明だなんて、信じられると思うのか？」

「いや、我々も困ってるんです。信じて下さい」

と、相手は言った。

「行先の見当くらいつかないのか！　お前の所のタレントなのに」

相手は里中という、アマリアの所属している事務所の社長である。

「もちろん、自宅や親しい友人、タレント仲間、色々、考えられる限りの所に当ってみました」

と、里中は言った。「ですが、どこにもいないし、誰も連絡をもらってないと言うんです。これ以上は、警察に捜索願を出すしかありません」

そこまで言うのだから、本当なのだろうと矢一郎は思った。しかし、警察が絡むとなれば、ことは大きくなる。

マスコミも報道するだろうし、関連で菱倉の名が出たりするのは避けたい。

「警察は待て」

と、矢一郎は言った。「若い娘には珍しくない。大方、男でもできて遊びに行ってるんだろう」

「はあ……」

里中は曖昧《あいまい》に言った。

アマリアが仕事には真面目で、勝手にどこかへ行ってしまうような子でないことを、分っているのだ。

「――ともかく、居場所が分ったら知らせろよ」

と、矢一郎は言った。

「もちろんです。あの――あの子の方は……」

「ああ、あれはいい。注文通りだ」

「しかし――もちろんお金はいただいていますが、どういうお仕事なので?」

「お前が知る必要はない」

「ですが、何しろまだ子供ですし――」

「分ってる」

矢一郎は苛々《いらいら》と、「後でまずいことになるような使い方はしない」

「よろしくお願いします」

矢一郎は通話を切った。

「――おっと」

足下に、あの刑事の三毛猫が座っていたのである。矢一郎は苦笑して、

「用心しないとけとばされるぞ」

と言った。

そこへ、

「矢一郎さん」

と、せかせかした足どりでやって来たのは、誠の妻、夏子だ。

「どうしました？」

「うちの人を見なかった？」

「叔父さんを？　食事の席で見ただけだけど」

「おかしいわ。どこにもいないのよ」

夏子は眉間《みけん》に深いしわを刻んで、「まだ本調子じゃないっていうのに！　どこかで具合悪くなって寝てるとか……」

「子供じゃないんだ。放っておきなさい」

と、矢一郎は肩をすくめた。

夏子は不満げだったが、今の事実上の「当主」を怒らせてはまずいと思ったのだろう、それ以上は言わなかった。

「――分ったわ。でも、あの人に言ってやって下さらない？　あんな馬鹿げた〈降霊会〉だか何だかに出席するのはよせって」

「本人が出ると言ってるんだ。それこそ子供じゃない。止められやしませんよ」

と、矢一郎はけんもほろろ。

さっさと二階へ行ってしまう。

「――なによ！　偉そうに！」

いなくなると、夏子は吐き出すように言ったが……。

陽子がいつの間にやら少し離れて立っている。――それに気付いて、夏子はちょっとぎょっとしたが、

「陽子さん。――うちの人を見かけなかった？」

「さあ」

陽子は顔色一つ変えず、「私も、皆さま全部の居場所までは分りかねます」

「ええ、まあ――そうでしょうね」

夏子が、どうでもいい、という風を装って行ってしまうと、陽子は真直ぐに廊下の奥の突き当りまで行った。庭へ出るドアがある。

陽子は、そのドアのロックが外れているのを見ると、ふっと口もとに笑みを浮べて、それをしっかりと掛け、足早にキッチンの方へ戻って行った。

ホームズは、廊下の端の方でじっと座って動かなかったが、陽子の姿が見えなくなると、

「ニャン」

と、短く鳴いた。

「――大丈夫？」

廊下に置かれた、年代物の陶器の壺《つぼ》。その傍の飾りカーテンのかげから、晴美がそっと顔を出した。

「――ああ、息が苦しかった」

晴美がホッと息をついて、「ちょっとトイレに行っただけなのに……。でも、こうやって色々耳に入ってくるのも楽しいわね」

「ニャー」

「分ってるわよ。私だってちゃんと聞いた。アマリアさんのことでしょ？　おかしいわね、

もう退院したと思ったのに」

「ニャン」

「そうじゃないって？」

ホームズはトットッと突き当りのドアまで行くと、晴美の方を振り返って短く鳴いた。

「──どうしたの？」

晴美はドアの所まで行って、「このドア、どこへ出るのかしら」

ロックを外して、ドアを開けると、短い道があって、庭へ出るようになっている。

「庭に出るのね。──これがどうかしたの？」

ホームズがスタスタと外へ出て行く。

「ホームズ！　ちょっと待ってよ」

スリッパで外へ出るのもためらわれたが、道になった部分は敷石が敷かれているので、そこを歩けば大丈夫だろう。

「どこに行くのよ」

と、ホームズについて行き、庭を見渡すと、自然のままに近いだろうと思われる林があり、その中に、白い四阿《あずまや》が建っている。

「あの四阿がどうかした？」

と、晴美が訊《き》くと、ホームズは答えなかったが、見ていると四阿のドアが開いた。

出て来たのは、菱倉誠だった。そして、彼に手を取られて、久保秀美……。

「まあ」

と、晴美は言った。「あの二人……」

二人は、出て来た所でしっかりと抱き合い、熱いキスを交わした。

へえ……。晴美の目にも、二人があの四阿の中で何をしていたかは、あまりにはっきりしていた。

二人は手をつないで、裏口の方へ戻って来たが、途中で晴美とホームズに気付いて、ハッと足を止めた。

「ご心配なく」

と、晴美は言った。「誰にも言いませんから」

二人は顔を見合わせると、手をつないだままやって来た。

「――でも、このドア、ロックされてましたよ、中から」

と、晴美は言った。

「じゃ、誰かがかけ忘れたと思って、かけたんでしょう」

と、誠は言った。

「奥さんが捜しておいでてしたけど」

「そうでしょうな。――私は、しかしこの子への愛を恥ずかしいとは思わん」

「誠さん」

秀美が誠の手をギュッと握りしめて、「私だってそうよ。でも、今は……今日は大切な日でしょ。騒がせちゃ申しわけないわ」

「そうだな」

と、誠は肯《うなず》いた。

「じゃ、秀美さんは私たちと一緒に入りましょう。誠さんは表へ回って入られては？」

「そうしましょう」

誠は、素早く秀美にキスすると、少年のような足どりで行ってしまった。

「さあ」

車の窓越しに、熱いコーヒーとハンバーガーが差し出された。

「──ありがとう」

と、安西道子はわずかに微笑んで、それを受け取った。

安田は車の外に立って、周囲を見回しながら、自分のハンバーガーを食べていた。

「──もうじきだ」

と、安田は言った。

「ね、先生」

と、道子は言った。

「何だい?」

「やっぱり、やめといた方がいいんじゃない?」

「大丈夫だよ」

と、安田は微笑んで、「君が心配することはない」

「でも――」

「何もかもはっきりさせよう。君を自由にしてあげたいんだ」

「分ってるけど……」

「君は〈アマリア〉という商品なんかじゃない。安西道子という人間なんだ」

「ええ」

道子は少し照れて、「お医者様には、よく分ってるわよね」

と言った。

「ああ」

安田医師は愉しげに、「何しろ、内視鏡で君のお腹の中まで覗《のぞ》いたからね」

「ずるいわ」

と、道子――アマリアは安田をにらんで、「私はまだ、あなたのこと何も知らないのに!」

「いや、充分に知ってるさ」

と、安田は早々とハンバーガーを食べてしまうと、車の運転席に戻りながら言った。

「でも――」

「君は僕のことを愛してるんだろ？」

まともに訊かれて、道子はちょっとどぎまぎしながら、

「それは――そうだけど」

「じゃ、それで充分じゃないか」

道子は仕方なく笑って、

「お医者様にはかなわないわ」

と言った。

「それは違うよ」

安田は助手席の道子の方へ腕を回して、「君が僕を負かしたんだ」

「負かした？」

「そうさ」

安田が道子を引き寄せると、道子は逆らうこともなく、そのまま目をつぶって、唇が触れ合うのに任せた。

――道子は深く息を吐き出すと、

「愛してる！」

と言った。

「僕もだ。——さあ、出かけよう」

安田は車をスタートさせた。

——片山たちが、寒風の中、ビキニ姿でチラシを配っていて高熱で倒れたアマリアを病院へ運び込んだとき、担当したのが安田医師である。

むろん、アマリアとしては片山たちへ感謝すべきところだが、何しろ、もうろうとした意識で病院へ連れて行かれたので、正直、よく憶《おぼ》えていない。

それにひきかえ、アマリアへの、安田のあまりに熱いやさしさは、生々しいほどの勢いで、アマリアを圧倒した。

「——何も心配することはないよ」

ハンドルを握って、安田は言った。「僕に任せておけばいい。その菱倉矢一郎という人には、僕がちゃんと話をつける」

「ええ」

「それと、君の事務所の社長だ。何ていったっけ？」

「里中さんです」

「そうそう。里中社長だったね。君にあんなひどい仕事をさせるなんて、医師としても許せない！」

「でも、先生――」

「君を即座に辞めさせる。いいんだろ、君も？」

「それは……」

「君はもうタレントを辞めて、僕の所へ来る。いいね？」

「はい」

アマリアは、「安西道子」に戻っていた。そして、安堵《あんど》したせいか、少し眠くなって、

「着いたら起してくれる？」

「いいとも。寝なさい」

道子は、座席のリクライニングを一杯に倒すと、静かに目を閉じた……。


「遅くなりまして」

と、玄関を入ると、柳井幻栄こと、柳原早夜が言った。

「いいえ。よくいらして下さいました」

と、迎える良子が言った。

「私のせいです」

と、早夜の後から入って来た、マネージャーの寺田典子が言った。「道の選び方を誤っ

て、渋滞に巻き込まれ……」

「時間は充分にありますわ」

と、良子は言った。「軽くお昼でも、と思って用意してありますが。どうなさいます?」

早夜がちょっと迷っていると、

「召し上って」

と、出て来た晴美が言った。「そのお昼を楽しみにしてる人もいるから」

「晴美さん」

早夜は微笑んで、「じゃあ、お言葉に甘えて」

と言った。

——遅めの昼食。

とはいえ、みんな遅く起き出しているので、朝を大分昼近くに食べている。

「今日はよろしくお願いします」

食卓につくとき、早夜が挨拶《あいさつ》した。

誰もが、複雑な表情で会釈を返したが、口を開く者はいなかった。

「いただきます!」

元気良く言ったのは、石津一人である。

食事を始めると、智次が、

「まだ空いた席があるけど」

と言った。「誰か、あの世のお客様でもみえるのかな」

「まさか、やめてよ」

と、隣の美枝が言った。

「――この世の可愛いお客様よ」

と、良子が言って、ダイニングルームの入口の方を向くと、「遠慮しないで、入ってらっしゃい」

おずおずと入って来たのは、久保秀美である。

哲也がびっくりした。

「秀美！　お前――何してるんだ、こんな所で？」

「すみません」

秀美は頭を下げた。「私、どうしても――」

「いいんだ」

と、立ち上ったのは誠だった。「彼女は私のことを心配して、見舞に来てくれたんだ」

「まあ……」

夏子が呆《あき》れて、「図々《ずうずう》しい！　こんな席に加わることは許しませんよ！」

「私が招いた客だ」

と、誠が言い返す。「お前がとやかく言うことはない」

「あなた……」

誠の、いつにない堂々とした態度に、夏子は呆然《ぼうぜん》とするばかりだった。

「さあ、かけて」

誠は秀美の手を取って、空いた席へ座らせた。

みんな、何となく黙って食事を続ける。

秀美も、ちょっとホッとした様子で、食べ始めた。

夏子はムッとした表情で秀美をにらんでいたが、陽子が秀美に、

「お飲物は何がよろしいですか？」

と訊《き》くと、食卓は「日常」に戻り、夏子も何も言えなくなってしまった。

「あの――紅茶を」

と、秀美がおずおずと言った。

「かしこまりました」

陽子はいつもと全く同じ口調で接している。秀美は救われたように微笑んで、

「お願いします」

と、付け加えた。

夏子が哲也の方を向いて、何か言おうとしたが、そのとき――。

「ごちそうさまでした！」

石津の声に、まだやっと二口三口食べただけの他の面々が啞然《あぜん》とした。

そして、少し間があってから、テーブルは笑いに包まれたのである。

「――どうかしましたか？」

石津が、ふしぎそうに晴美の方へ訊いた。

自分のせいでみんなが笑ったとは、全く思っていないのである。

「大したことじゃないのよ」

と、晴美は言った。「私の分も食べる？」

10 沈黙

その部屋へ入ると、ひんやりした空気が体を包んだ。

「おい、どうしてこんなに寒いんだ？」

と、早くも気味悪そうに首をすぼめているのは、智次である。

「暖房してありませんので」

と、陽子が言った。「それにカーテンで、日も入っていませんから」

「――そうか」

智次が拍子抜けした様子。

「何もしてないのに、霊がいるわけないだろう」

と、哲也がからかうように言った。

「でもさ、俺、こういうのって弱いんだ」

と、智次は部屋の中を見回した。「ね、君も一緒に座って、手をつないでてくれよ」

と、田所美枝の手を取った。

「でも、私は菱倉家の人間じゃないもの」

「危険はありません」

と、早夜——柳井幻栄が言った。「霊は人に危害を加えたりしません。怖いのは生身の人間の方です」

「それは確かだな」

矢一郎が笑って、「叔父さんは、後で生身の奥さんに引っかかれる覚悟をしとくんだね」

「ああ、分ってる」

と、誠が言った。「それくらいの覚悟がなきゃ、この年齢《とし》で若い女の子と付合うことなんかできないよ」

「誠さん……」

ついて来ていた秀美が、誠をちょっとつついた。気が気でない様子だ。

「では、テーブルの周囲に、亡くなった七重ちゃんと血縁の方たちが座って下さい」

と、早夜が言った。「私はこの椅子にかけますので、右隣にお父様の矢一郎さん、左隣にお母様の良子さん。——他には、誠さん、智次さん、哲也さんですね」

さっさと席についたのは良子だった。

その隣に誠。——矢一郎はちょっと肩をすくめながら、早夜の右に座った。

哲也と智次は、あまり気の進まない様子で、それでも渋々椅子を引いて座った。

「直接ここに加わらない方は、壁の所の椅子にかけて下さい」

陽子がいくつか椅子を運んで来た。石津も手伝って、両側の壁にくっつけて並べる。

片山、晴美、石津。そしてホームズは床に端然と座っている。

他に、田所美枝と久保秀美が残った。

「──じゃ、私は出ています」

と、寺田典子が早夜に言った。

「ありがとう。陽子さんも、ありがとうございました」

と、早夜は言った。

「どういたしまして。ご用があれば、お呼び下さい」

陽子は、早夜たちが、ただ世間話でもしているかのように、いつもと少しも変らない口調で言って、寺田典子と一緒に出て行った。

ドアが閉ると、少し薄暗い照明の下、部屋は急に外界と切り離されたようだった。

「では……」

と、早夜が椅子に座り直し、背筋を伸して言った。「降霊会を始めます」

部屋の中が静まり返る。

ちょっとした咳払《せきばら》い一つもはばかられるような静寂だった。

「初めに申し上げておきます」

早夜の声は、別人のもののように人をひきつけた。「今から、三年前に亡くなった、菱倉七重ちゃんの霊に呼びかけます。必ず呼び出せるとは限りません。特に七重ちゃんは誰かに殺されるという、本当に気の毒な亡くなり方をしたわけで、私もこういう霊を呼び出した経験はありません」

早夜の率直な言い方は、居合せた人々を落ちつかせた。

「もちろん、こういうこと自体を信じておられない方もあるでしょう。それはそれで構いません。ただ、わずか五歳で亡くなってしまった七重ちゃんのことは、可哀そうだと思っておいででしょう。私が霊を呼び出そうとしている間、ただ七重ちゃんのことを考えていて下さい。それで充分です」

早夜の話に、良子が、

「お願いね」

と、付け加えた。

「では、手をつないで下さい」

と、早夜が言って、左右の手を伸した。

矢一郎の左手が、早夜の右手をつかみ、良子の右手が早夜の左手を握りしめる。

「強く握る必要はありません。ごく自然に。――皆さん、手をつないだら、目を閉じて下さい。そして、生前の七重ちゃんの姿を思い浮べて下さい……」

――片山は、早夜がまるで別人のような存在感で、この場を支配しているのを感じた。
何かが起りそうな、そんな気がした。
だが、それがどんなことなのか。
危険なことでなければいいが……。
田所美枝と久保秀美は、じっと息を殺して見守っている。
早夜が目を閉じて、深く呼吸する。
――しばらくは何も起らなかった。
智次が落ちつかない様子で、薄目を開けて他の面々を見たりしている。
「輪が途切れています」
と、早夜が言った。「気を散らされている方がいますね」
智次があわてて目をつぶる。
再び、沈黙が部屋を包んだ。
片山は、早夜の呼吸が少し早くなったような気がした。――気のせいだろうか？
いや、そうではない。
早夜の呼吸は徐々に早く、深くなって、同時に早夜の頭がゆっくり左右へ揺れ始めた。
「静かだわ……」
と、早夜が言った。「広い場所が見える……。静かで、広くて、人がいない……」

晴美がそっと小声で、

「現場になった、ホテルのロビーのこと？」

と言った。

片山は黙って肩をすくめた。

「寂しい……。寂しいわ。誰もいない。どうして？　どこへ行ったの？」

早夜は、眉《まゆ》を寄せて、少し辛《つら》そうに首を振った。「そこに……ここにいるのよ。約束よ」

早夜が身をよじるようにして、呻《うめ》いた。

大丈夫か？　片山が思わず腰を浮かすほど、その呻き声は苦しげだった。

早夜の頭が、ガックリとのけぞるように天井を向いた。開いた口から吐き出す息が白く見える。

「——寒いわ」

と、晴美が呟《つぶや》く。

田所美枝と久保秀美が同じように肩をすぼめ、寒さから身を守ろうとするかのように固く両腕で我が身を抱きしめた。

確かに、小部屋の温度は急激に下って行った。足下に冷気が這《は》い寄り、それはじわじわと足から膝《ひざ》へと広がって来た。

すると、早夜が口を開いたまま、

と、それまでと全く違った声で言ったのである。

それは子供の声だった。

それを聞いた良子の、ハッと息をのむ気配が片山にまで伝わって来た。

しかし、早夜はそれきりしばらく何も言わず、ただ荒い呼吸をくり返すだけだった。

片山は、ホームズの方へ目をやった。

ホームズが立ち上ったのだ。しかし、ホームズの目は早夜と丸テーブルの方でなく、閉じたドアの方へ向いていた。

何かあるのか？——片山はホームズの動きを見ていた。

そのとき、早夜が、体を大きくねじって、

「ママ！」

と、子供の声で叫んだ。「ママ、来てよ！ ママ！」

良子がハッと目を開けた。とても黙っていられなかったのだろう。

「七重！ 七重なの？」

と、切羽詰った声で叫ぶ。「ママはここよ！ ここにいるわ！」

早夜はさらに烈しく身をくねらせ、

「ママ！ 早く来て！ ママ——」

「ママ、ママ……」

と、絞り出すように叫んだ。
同時に、思いがけないことが起きた。
小部屋のドアが開いたのだ。見えない手が開けたように。
そして——薄暗い廊下に、一人の少女が立っていたのである。
ぼんやりとした影だったが、それが幼い女の子であることは分った。
良子が立ち上った。
「七重！」
良子は左右の手を振りきって、「七重！」
と、駆け出した。
しかし、そのとき、少女の姿は既に見えなくなっていた。
「——七重！　待って！」
良子が小部屋から飛び出して行くと、室内の空気がパッと変った。
早夜が目を開けると、
「違います！」
と、早夜自身の声で言った。「それは七重ちゃんじゃありません！」
小部屋からホームズが飛び出して行く。
片山は、

「追え！」

と怒鳴って、自分も走り出した。

廊下へ出ると、良子が階段の方へと駆けて行く後ろ姿が見えた。

「七重！　行かないで！」

と、良子が叫ぶ。

良子が階段を駆け下りようとしたとき、後を追っていたホームズが、良子の背中へ——

いや、首筋へ飛びかかった。

「キャーッ！」

良子が叫んで、足がもつれ、その場に転んだ。ホームズが、パッと離れる。

片山たちが駆け寄ると、良子は起き上って、

「邪魔しないで！　あの子が行ってしまうわ！」

と立ち上ろうとした。

「待って下さい」

晴美が、良子をいさめるように、「ホームズが邪魔をしたのには、理由があります」

「でも——」

「おい、見ろ」

片山は、階段の所でかがみ込んでいた。「——良子さん。これを見て下さい」

「はあ……」

良子はいぶかしげに、「何も見えませんけど」

「ここです。——ピアノ線が張ってある」

片山は、光を受けないと全く目につかない、細いピアノ線を指で弾《はじ》いて見せた。

「どうして……」

「あなたがこの階段を駆け下りようとしたら、このピアノ線に引っかかって、階段を転落していたでしょう」

片山の言葉が、良子にはすぐのみ込めなかったらしい。しばらく呆然《ぼうぜん》と突っ立っていたが、そこへ、早夜がやって来た。

「片山さん！」

「早夜ちゃん、君——」

「今のは私じゃないわ」

と、早夜は首を振って、「私たち霊媒に、死んだ人を出現させることなんかできない」

「分ってる」

片山は、かがみ込んでピアノ線を弾いて見せた。ピアノ線がブーンと音をたてる。

「まあ！」

早夜は膝をついて、「誰がそんな……」

「私が狙いだったのね」

と、良子は青ざめた顔で言った。「私があの女の子を追いかけると分っていて……」

「そうだ、あの女の子はどこへ行ったんだろう？」

「私、玄関のドアの閉る音を聞いたような気がしたんです」

と、良子は言った。「それで階段の方へ――」

そのとき、下のホールに、玄関のドアが開く音が響いた。

「誰か来てくれ！」

と、声が響いた。

「あら、あの人――」

晴美が、ピアノ線をまたいで、「安田先生？」

と、階段を下りて行った。

「やあ、この間は」

安田医師は、小さな女の子を両腕に抱えていた。

「その子は？」

「分らないんですよ。車をこの前へつけようとしたら、いきなりドアを開けて飛び出してきてね」

それは、まず間違いなく、さっきの小部屋の外に立っていた少女だった。

「車で？」

「軽く当っただけです。むしろ、転んで頭を打ったんで、気を失ったんでしょう。救急車の必要はないと思いますがね。ともかく、ソファの上に寝かせたい」

陽子が出て来て、

「まあ、何ごとです？　けが人ですか？」

「この子を寝かせる所を。僕は医師です」

「どうぞ居間のソファに」

みんな、ピアノ線に用心しながら、階段を下りて来た。

「あら、あなた」

良子が、玄関に立っている女の子を見て、「アマリアさんじゃないの」

「安西道子です」

と、彼女は頭を下げた。

「大丈夫、コブができてるが、気絶しただけだ」

安田医師はソファに横になった少女の傍から立ち上って、「一体何があったんです？」

「ちょっとした集まりが」

と、良子は言った。「失礼ですが――」

「僕は安田。その安西道子君の主治医です」

と、安田は言ってから、「それに、この子の婚約者でもあります」

と、道子の肩を抱き寄せた。

「アマリア！　本当なのか？」

と、矢一郎が愕然《がくぜん》とする。

「この子は安西道子です」

と、安田は言った。

「どういう事情で……」

と、良子が言うと、晴美が進み出て、

「私がお話しします」

と、口を開いた。「私たちが、アマリアさん――道子さんを助けたのが、きっかけでした」

晴美は、寒風の中、ビキニの水着でチラシを配っていたアマリアが高熱で倒れたことから、順序立てて、説明した。

「入院した後のことは全く知りません」

と、晴美は安田の方を見て、「でも、安田先生が、アマリアさんを安西道子さんに戻す決心をされたことははっきりしてますね」

「アマリア……。お前、本当に――」

と、矢一郎が歩み寄ろうとしたが、道子は素早く安田のそばへ身を寄せた。

「この子の所属している事務所の、里中という社長には、これから話をします」

と、安田が言った。「こちらとしては、わざわざ喧嘩《けんか》したいわけではない。穏便に話をするつもりです。ただし、この子を芸能界から引退させるという点は譲れない」

そのとき、道子がふっと思い出したように、

「そうだ」

「どうした?」

「今の子――そのソファで寝てる子。思い出した! 同じ事務所に、この間入って来た子だわ」

「確かかい?」

「ええ。たぶん十歳くらいじゃなかったかしら。本名は知らないけど、ルミちゃんっていったわ」

「じゃ、誰かが仕組んだということだ」

と、片山は言った。「道子さん、里中という人に連絡して、すぐここへ来てもらってくれないか」

「分りました」

「訊《き》かれたら、『警察の用で』と言ってくれ」

「はい」

道子は、居間の電話を借りて、里中へとかける。

そのとき――居間の中へよろよろと入って来たのは、夏子だった。

正直、夏子がいないことに、誰も気付いていなかったのだが。

「――夏子、どうしたんだ？」

と、誠が言った。「具合でも悪いのか」

「あなた……大変よ！」

夏子はそれだけ言って、喘《あえ》ぐように口をパクパクさせた。

「おい、しっかりしろ！　どうしたっていうんだ！」

誠が夏子の肩をつかんで揺さぶると、

「あの……あの……もと代様が……」

矢一郎がそれを聞いて、

「母がどうしたって？」

と、歩み寄った。

「今……お部屋へ行ったら……」

夏子がその場にしゃがみ込んで、「亡くなってる……」

——一瞬、居間を沈黙が支配した。

「馬鹿な!」

矢一郎が居間から駆け出して行った。

片山は石津に、

「ここにいてくれ」

と言うと、矢一郎に続いて駆け出して行った智次の後を追った。

「行くわよ、ホームズ」

晴美も、ホームズへ声をかけておいて、兄に続く。

階段を駆け上ったところで矢一郎は張ってあったピアノ線に足を引っかけて転んだ。

「畜生! 忘れてた!」

と舌打ちして起き上る。

結局、もと代の部屋へ着いたのは、みんなほぼ同時だった。

ドアが半ば開いて、広いベッドが見えた。

「母さん!」

と、矢一郎が叫んだ。

「待って下さい!」

と、片山が怒鳴った。

一目見て、もと代の死は自然死でないと分ったからだ。

もと代の胸もとに、深々と小型の包丁が突き刺さっていたのである。

「——母さん」

智次がヘナヘナと床に座り込む。

片山はベッドへ近付き、一応念のためにもと代の手首の脈を取った。

「救急車だ！」

と、矢一郎が怒鳴った。「陽子！　どこにいる！」

珍しく、陽子の返事がない。

「亡くなっています」

と、片山は言った。「晴美、警察へ連絡してくれ」

「分ったわ」

晴美が廊下へと出て行く。

ホームズは静かにドアの所に座って、無言でベッドの周りに集まっている人々を眺めていた……。

11　凪

「どうぞ」

陽子がコーヒーをいれて来て、早夜の前に置いた。

早夜はハッとして、

「ああ……。ありがとう」

と肯《うなず》く。

「いいえ」

陽子は、むろん居間に集まっている全員にコーヒーをいれているのだった。

こういう状況の中、いれたての熱いコーヒーの匂いが、どれだけ一人一人の張りつめた神経をやすめてくれるか。——早夜は、誰に言われたわけでもなく、コーヒーを配っている陽子を見て感心した。

早夜のそばへ、片山晴美がやって来て、

「よろしいですか？」

と言った。

「ええ……」

晴美も、自分のコーヒーカップを持っていて、早夜の隣に並んで座ると、

「大丈夫ですか」

と、さりげなく訊いた。

「ええ……」

早夜は少しホッとして、「降霊を途中で断ち切られると、とても疲れるものなんです」

「そうでしょうね」

「でも、まさかこんなことに……」

晴美はコーヒーを一口飲んで、

「おいしいわ」

と言った。「大した人ですね」

「あの方？　──陽子さん、っていったかしら」

「ええ。プロって感じですよね」

「本当に」

早夜も自分のコーヒーを一口飲んだ。

おいしい。──こんなときなのに、ていねいにいれてある。

他の家族たちも、同じように感じているのが、見て分った。

「──私一人、部外者ですから」

と、早夜は言った。

「菱倉家の一族じゃありませんものね」

「でも、別の殺人に係《かかわ》ってしまってる。──昔の、七重ちゃんのね」

「大丈夫。兄がいますから」

晴美は力づけるように言った。

「ありがとう」

早夜は、それでも不安げだった。「──私みたいな霊媒は、何かにつけてインチキの詐欺師扱いされることが多いんです」

晴美にも、その気持はよく分った。

「でも、私も兄も、あなたがそんないかがわしい人でないことは分ってますもの」

晴美の言葉に、早夜は微笑んだ。

二人の所へ、良子がやって来た。

「──柳井さん」

「良子さん、とんでもないことが……」

「申しわけありません」──

と、良子はソファに腰をおろして言った。

「あなたが謝ることはありません」

「いいえ。分っていてもいいはずでした。――七重があんな形で姿を現わすはずがないのに。それに、よく見れば、年齢《とし》も全く違うんですし、七重でないことは分っても良かったんです」

「そんな……。母親としては、あれが当然の行動です。あんなことを仕組んだ人間こそ許せません」

早夜の言葉に、良子は目を潤ませて、

「ありがとう！」

と、思わず早夜の手を取った。

晴美が肯いて言った。

「あの子役の女の子が、ちゃんと話せるようになれば、誰があんなことを言いつけたのか分りますよ。少なくとも、あの女の子の所属している事務所の社長は知っているはずです」

少し間があった。

「柳井さん」

と、良子は改まって、「あのテーブルを囲んでいたとき、七重はあなたの所へ来たんですか」

早夜は眉《まゆ》を寄せて少し考えていたが、

「──たぶん」

と、慎重に答えた。「あれが七重ちゃんだったのかどうか、当人に確かめることはできません。でも、かなり状況としては、うかがっていたのと似ています」

「あれはきっと七重です！」

と、良子は力強い口調で言った。「柳井さん、お願いです。もう一度、降霊会を開いていただけないでしょうか」

早夜は少し目を伏せて黙っていた。

「──良子さん。お気持はよく分ります」

と、やっと口を開いて、「一度は可能でしたが、二度やれるとは限りません。それに──あんなことがあった後ですし」

「関係ありません」

と、良子は即座に言った。「義母《はは》の死と七重の事件とは、何の関係もありません」

「良子さん──」

「たとえ義母を殺したのが誰にせよ、七重を殺した人間を放っておいていいわけはありません」

良子の言葉は圧倒的な力を持っていた。

「分りました」

と、早夜も肯かざるを得なかった。「では、もう一度試みてみましょう」

良子の顔にホッとした安堵《あんど》の表情が浮んだ。

「――ありがとう」

と、良子は早夜の手を取って、頭を下げた。「できるだけ早く、機会を設けます」

「分りました」

と、早夜は肯くと、「一つお願いがあります」

「何でもおっしゃって」

「今日は遅れて着いたので、お願いしなかったんですが、七重ちゃんは自分の部屋を持っていたんでしょうか」

「いえ、まだ五歳でしたから……。私の寝室にベッドを入れていました。でも、小さな部屋一つ、ほとんどあの子の遊び場にしていました」

「そこを見せていただけますか？　それと、よろしければベッドも」

「もちろん！　今でも構いません」

「じゃあ……」

早夜が晴美の方を向いた。

「大丈夫ですよ。兄に言っておきます」

と、晴美が肯くと、良子は早夜を連れて居間から出て行った。

少しして、片山が居間へ入って来て、

「お待たせして」

と、居並ぶ面々を見渡した。「もと代さんの遺体を運び出します」

矢一郎がすぐに立ち上って、

「顔を見ても？」

「どうぞ」

矢一郎が、しっかりした足取りで居間を出て行くと、他の人たちもゾロゾロと立ち上り、それに続いた。

「──何か分った？」

と、晴美は訊《き》いた。

「いや、大して。──凶器からは指紋が出なかった」

「犯行時刻は？」

「あの降霊会の前後だというくらいだな。──あの小部屋にいた人間も、完全にシロとは言えない」

「当然ね」

「あの騒ぎで、階段の所へ来ていたのは誰と誰だったか、どういう順序だったか……。憶《おぼ》えてるか？」

「よく分らないわね。すぐ良子さんを追いかけて飛び出したから」

「その間に、奥の部屋へ行って、もと代を刺し殺し、階段へ駆けつけることができた。――そうなると、あの女の子を誰が雇ったか、という点が鍵《かぎ》だな」

「事務所の里中って社長は？」

「もう来るだろう」

と、片山は言って、「――早夜ちゃんは？」

「ついさっき、良子さんと出て行ったわ」

晴美の話に、片山は肯《うなず》いて、

「ここの刑事が、彼女を疑ってる。――霊媒なんてインチキに決ってる、と決めつけてるんだ」

「早夜さんも心配してたわ」

「戻ったら、この階の奥の部屋へ来るように言ってくれないか」

「ええ。分ったわ」

晴美は足下に来たホームズの方へかがみ込んで、毛を撫《な》でた。

「ここで、あの子はよく一人で遊んでいました」

それは、部屋というより納戸だった。しかし、小さな子供にとっては、この程度の広さの方がなじむのかもしれない。

「――良子さん。少し一人にしていただけますか」

と、早夜は言った。

「ええ、もちろん」

良子はドアを開けて、「私、居間へ戻っていますわ」

と、出て行った。

早夜は一人、その小部屋に残って、しばらくただじっとたたずんでいた。

おそらく、ここは七重が死んだときのままになっているのだろう、と思えた。

人形やぬいぐるみの置かれている位置、姿勢、それぞれが、少しのわざとらしさもなく、ついさっきまでここで七重が遊んでいたかのようだ。

早夜は、何度か深呼吸をして、目を閉じた。全身を解放して、この部屋の「空気」を感じようとする。

そう……。感じる。

何かが聞こえてくる。――子供の声だ。

女の子の笑い声、ドタドタと駆け回る足音も、かき回される部屋の空気の乱れも、感じることができる。

七重ちゃん……。七重ちゃんなのね。

あなたの生命力、生きていたときの輝きが、今もこの小部屋に残っている。

人は信じないかもしれない。

でも、たとえばまぶしい光を目にしたとき、人はしばらく、その光が消えても「まぶしさ」の残像を見ている。本当はそこに何もないのに。

それと同じだ。ここには七重の、五歳の少女の、生命に溢《あふ》れた輝きがあった。今、早夜の感覚は、その輝きの残像を捉《とら》えていた。

早夜は、もう一度降霊会を開けば、きっと七重を呼び出すことができる、と確信した。

そして、あの運命の日、誰が七重を殺したのかも分るかもしれない。

早夜は目を開けた。

小部屋が急に冷えていくように感じられた。

そして——早夜は人の気配を感じた。

背を向けたドアの所に、誰かが立っている。

「誰？」

早夜は振り向いた。

その男は、おずおずと部屋へ入って来た。

ソファにかけていた安西道子が、反射的に立ち上った。その手をつかんで、安田医師が、

「立つことはない」

と言った。「道子。座ってるんだ」

「里中さんですね」

と、片山が言った。

「はあ、そうです」

「お待ちしていました。――どうぞ」

片山に促されて里中は、手近なソファに腰をおろした。

「――君か」

矢一郎が入って来て、「アマリアのことでは心配かけたな」

「いえ……」

里中はチラチラと道子の方へ目をやっていた。

安田医師が咳払《せきばら》いして、

「医者として、里中さんにひと言、言っておきたいのですが」

と言った。

「いや、そのことでしたら……」

と、里中は遮って、「アマリアから聞きました。私の方が無理を言っていたので、先生

のお怒りはごもっともです」

アッサリと謝られて、安田の方が当惑している。

「――アマリアは、本当に真面目な子でしてね」

と、里中は苦笑して、「いくら仕事だからといって、ずっとビキニでチラシを配るなんて……。いや、いい方に出会って良かった。な、アマリア、幸せになってくれ」

「社長さん……。いいの？」

と、道子は訊いた。

「ああ。――何よりの恋人じゃないか」

「里中さん。では、彼女が引退するのを許してくれるんですね」

と、安田は道子の肩を抱いた。

「当人が望めば、許すしかありません」

と、里中は肯いて、「CMの契約については……」

「今さら未練がましいことは言わんよ」

と、矢一郎は言った。

「ありがとう！」

道子が頰を紅潮させて言った。

「――里中さん」

と、片山が言った。「お宅の事務所に、ルミという子がいますか」

「ルミ……ですか。まだ子供ですが」

「ええ。その子を今日、仕事に出しましたか」

「今日ですか？　さて……。いや、確かルミは今日、オフのはずです」

「お休みということですか？」

「ええ」

ちょうどそのとき、居間のドアが開いて、石津が当の女の子の手を引いて来た。

「ルミ！」

里中が立ち上って、「どうしたんだ？　こんな所で何してる」

「ごめんなさい……」

と、女の子は半ば目を伏せがちにして言った。

「どういうことなんだ」

「私……お仕事だって……」

「仕事って、お前はうちの所属なんだぞ。勝手によその仕事をしてはいけないんだ。それくらいのこと、分ってるだろう」

「まあ、里中さん」

と、片山がなだめるように、「すると、この子が今日ここへ来ていることはご存じなかったんですね？」

「ええ。全く」

「すると、今日、この服装でここへやって来たのは、誰に頼まれて？」

と、片山はルミという子に訊《き》いた。

ルミは、少し口ごもりながら、

「私——社長さんも分ってるから、って言われて」

と、訴えかけるように言った。「本当なの。これは急なお仕事なのよって言われたの」

「誰に言われた？」

と、里中は訊いた。

ルミは、居並ぶ人々を素早く見回して言った。

「ここにはいないけど……。テレビに出てるお姉さん」

「それは——もしかして、柳井幻栄のことか？」

と、矢一郎が言った。

「うん」

ルミは肯いて、「その人。そのお姉さんに頼まれたの」

しばらく沈黙があった。

そして、ふっと気付いたように、

「柳井さんはどこ？」

と晴美が言った……。

12 企み

「姿を消した？」

片山は晴美と顔を見合せた。

「どこにもいません」

石津が息を弾ませている。「何しろ広いんで、もう一度捜しますが」

「――おかしいわ」

と、晴美が首を振った。

「そうだな」

片山はため息をつくと、「自分が犯人で、逃げたと思われる」

「まさか！　彼女には刺せないわ」

「ああ。しかし、あの騒ぎで、人の注意をひきつけておくことはできる」

「本当にそう思ってるの？」

「思ってないさ」

と、片山は即座に言った。「そう思わせたい人間がいる、ってことだ」

「良かった」

晴美はホッと息をついて、「お兄さんがどうかしちゃったかと思ったわ」

「見損なうなよ」

と、片山は渋い顔で言った。

――片山たちは、あの降霊会の開かれた小部屋にいた。

七重のふりをしたルミを追いかけて良子が駆け出して行ったときのままになっている。

「早夜ちゃんのことが心配だ」

と、片山は椅子にかけて、「姿を消すなんて考えられない。――少なくとも自分からは」

「とすると……」

「誰かに連れ去られたんじゃないかな」

「そうか。――考えなかったわ」

「もしかすると、七重ちゃんを殺した人間が、本当に早夜ちゃんの口から名前が出るのを恐れて、誘拐したのかもしれない」

「証拠にならなくても、良子さんの前で犯人だって名指しされたら、しらを切り通せないかもしれないものね」

「そうだな。――すると、早夜ちゃんの命が危い」

片山と晴美は顔を見合せた。

「――石津」

と、片山は言った。「さっきのルミって子をここへ連れて来てくれ」

「分りました」

と行きかける石津へ、

「一人でだ。あの里中って社長について来させるな」

「はい」

石津が出て行く。

「――あの子が嘘をついてるわけね」

「それしか考えられない」

「で――どうするの？」

「本当のことを話すように言って聞かせるさ」

と、片山は言った……。

――ドアが開いて、石津に手を引かれ、ルミが立っていた。

「やあ、ルミちゃん」

と、片山はニッコリ笑って、「さあ、入って。――椅子にかけてね」

ルミは、おどおどとした様子で、言われるままに椅子にかけた。

「ねえ、ルミちゃん」

と、片山はルミの前に立って、身をかがめると、

「よく聞いてほしいんだけど……。さっき、君は言ったね」

ルミは、じっと目を見開いて、片山を見つめている。

「──君が、ちょうどこの部屋の前で立ってるように頼んだのは、TVに出てるお姉ちゃんだって」

ルミは黙って肯《うなず》いた。

「そうか。──でもね、本当にそうかな？　よーく考えてみておくれ」

と、片山はひと言ずつゆっくりと言った。

「あのお姉ちゃんはね、人を助けようとしてた。ずっと前に、君よりも小さな女の子がね、誰かに殺されたんだ」

ルミは無言のまま。

「その女の子を殺したのが誰なのか、あのお姉ちゃんは探ってたんだ。分るね？」

ルミが小さく肯く。

「いい子だ。──だがね、君がこのドアの外に立っているのを見て、あのお姉ちゃんが犯人を見付けようとしてたことは、途中でだめになってしまったんだ」

ルミの大きく見開いた目に、涙がたまって来た。

「頼む！　泣かないでくれ！　君が悪いと言ってるんじゃないよ。ただ、君に、あの仕事を頼んだ人間は、小さな女の子を殺した犯人かもしれないんだ。そうなるとね、君の言ったことがどんなに大切か分るだろ？」

ルミの両の目から、大粒の涙がポロッと溢《あふ》れ出て、

「ルミ、嘘つきじゃない！」

と、震える声で言った。

「あのね、嘘つきだと言ってるわけじゃないんだ。つまり――」

「ルミが嘘ついたと思ってる！　ルミ、本当のことを言ったんだもん！」

ルミの声は一気に高くなった。「ルミは嘘つきじゃない！」

と言うなり、ワーッと泣き出す。

片山はあわてて、

「ごめん――そんな意味で言ったんじゃないんだ。――泣かないで。ね。――分った、分ったから！」

必死でなだめても、ルミは激しく声を上げて泣き続けた。

その声は、ドアが閉っていても廊下にまで響き渡っているだろうと思えるほどだった。

「おい、晴美、何とかしてくれ！」

お手上げになって、片山は助けを求めた。

そのとき――それまで小部屋の隅の暗がりにじっとしていたホームズが、素早くルミの足下へ駆け寄ると、ポンとその膝《ひざ》の上に飛び乗ったのである。

全くホームズに気付いていなかったルミはびっくりして一瞬逃げ出しそうにした。

「――まあ」

と、晴美が目を見開いて、「驚いた！　演技だったのね」

本当に泣いていたのなら、たとえ何かにびっくりしても、こうもピタリと涙が止るまい。

ホームズは、ルミの膝の上にゆっくりと体を伸して、じっとその顔を見上げた。

「この猫……」

ルミは、途方にくれたように、「何かしゃべってる？」

「あなたには聞こえる？」

と、晴美がルミのそばへ行って、「このホームズはね、人と同じように喜んだり悲しんだりするのよ」

「ホームズ……っていうんだ」

「そう。――あなたにはどう聞こえる？」

ルミの体から、フッと力が抜けた。それまでひどく緊張していたのが分る。

「――ごめんなさい」

と、ルミは言った。「私──言いつけられてたの。あのお姉ちゃんに頼まれたって言うように」

「言いつけたのは？」

ルミは少しためらって、

「社長さんに言わない？」

と、上目づかいに訊《き》く。

「里中さんって人ね？　いいわ。黙っててあげる。約束よ」

晴美はルミの手を軽くつかんだ。

「あの──おじさんに言われたの。矢一郎さんって人」

「矢一郎さんが？」

「言う通りにすれば、次のCMに私を使ってくれる、って……。社長さんも承知してるって言った」

「矢一郎さんがあなたを雇ったの？」

ルミは首を振って、

「お仕事は社長さんから来たの。今日、ここへ行けって。──矢一郎さんが待ってて、この服を着せられた」

「七重ちゃんが殺されたときの服と似てる」

と、片山は言った。

「それで、矢一郎さんは、もし誰かに訊かれたら、柳井幻栄さんに頼まれたって答えるように、あなたへ言ったのね」

晴美の問いにルミが肯く。

「――やれやれ」

片山はため息をついた。

ルミが不安そうに、

「私、何か悪いことした？　もうタレントとしてやっていけないかしら」

大人のような言葉に、片山はどう答えたものか、分らなかった。

「大丈夫」

晴美はルミの頭をそっと撫《な》でて、「あなたは、ちゃんと正直に、本当のことを話してくれたんだもの。誰もあなたのことを叱ったりしないわ」

「そうかな」

ルミはホッとしたのか、子供らしい笑顔を見せた。しかし、すぐに表情は曇って、

「もう矢一郎さんとこのＣＭには出られないわ」

と悲しげに言った。

「他にも仕事はあるわよ。あなたくらいの演技力があったら大丈夫」

晴美の言葉に、ルミは嬉《うれ》しそうに微笑んで、

「私、タレントスクールで、いつもお芝居は一番上手《うま》いって言われてるのよ！」

「本当にすばらしかったわ」

「ありがとう」

「ね、ルミちゃん。ここで本当のことを話したってこと、矢一郎さんや社長さんには黙っててくれる？　できるかしら？」

「うん」

と、ルミはニッコリと肯いて『何を訊かれても、泣いてごまかせ』って言われてるから、そうした、って言っとくわ」

「まあ。それは矢一郎さんが言ったの？」

「ううん、社長さん」

「そう。――じゃ、お願いね」

「分ったわ」

ルミはホームズの体を撫でて、「きれいな毛並ね」

ホームズが優しく鳴いた。

ルミは、片山の方を見て、

「もう行っていい？」

「ああ。ありがとう」

「じゃ……」

ルミは、ホームズがストンと床へ下りると、ハンカチを出して、手の中でクシャクシャに握りしめ、突然、グスグスとしゃくり上げて泣き出した。

その自然さに、片山も晴美も呆気《あっけ》に取られてしまった。

石津がドアを開けると、廊下に里中が落ちつかない様子で立っている。

ルミは、ワッと泣きながら、里中の方へ駆けて行った。

「ルミ！　どうした。大丈夫か？　——もう安心だぞ。俺がついてる。何も心配いらないぞ」

里中はルミを抱き上げ、「刑事さん、いくら捜査とはいえ、こんな小さな子を泣かせるとはひどいじゃありませんか！　私は断固として抗議します！　——さあ、行こう」

里中は、ルミを抱いて階段へと向った。抱かれたルミは、片山たちの方を見て、ニッコリ笑うと、手を振って見せた……。

「——驚いたな！」

と、片山は苦笑した。

「今の十歳は恐ろしいわね」

「片山さん。——あの霊媒、見付かりませんが」

と、石津が言った。

「そうか。車も出入りしてるしな。あのマネージャーを呼んでくれ」

「分りました」

石津が駆け出して行く。

「それにしても、あの矢一郎って、腹が立つわね！」

と、晴美は腕組みをして、「あの子を良子さんが追いかけると予測してピアノ線を張ってたとすれば……」

「うん、良子さんの命も狙っていたのかもしれない。良子さんが階段を転げ落ちても、後でピアノ線を外しておけば、ただ、足を踏み外しただけと思われたかもしれないしな」

「どうするの？」

「今は矢一郎の狙い通りに、早夜ちゃんに疑いがかかってることにしよう。――まだ矢一郎が母親を殺したとは決められない」

「そうね。――なぜ菱倉もと代が殺されたのかしら？」

「うん、それも問題だな」

片山はともかく、早夜のことが気がかりだった。――どこへ連れて行かれたんだろう？

夢？　それとも現実？

こんなことって……本当にあるの？

——早夜は、自分が意識を取り戻したと分る前に、自分の置かれている状況が見えていた。

暗い部屋。——完全に真暗ではない。

ぼんやりと白く光っているのは——天井から下った裸電球だった。

私は……床に寝ている。

固く、冷たい石の床だ。

ここはどこだろう？　窓一つない。

いや、見回した壁も、ただのっぺりと続くだけで、ドアがない。こんなことって、あるのだろうか？

どうして私、こんな所にいるの？

早夜は、重い体を動かして、何とか床の上に起き上った。体がひどく重く感じられるのは、何か薬物のせいだろう。

起き上ると、めまいがした。ひどい貧血のときのようだ。

昔、少女のころ。——そう、片山さんと一緒のクラスだったころ、よくこうして貧血を起して保健室で寝ていた。

でも、あのときのベッドも固かったけど、この石の床よりはましだった……。

早夜はしばらく床に座ったまま、目を閉じていた。深呼吸をして、じっと自分の心臓の鼓動に耳を澄ましている内、やがて貧血のような気分の悪さは薄らいで行った。

改めて目を開け、三メートル四方ほどの小さな部屋の中を見回す。

目が慣れてくると、天井の隅に、一メートルほどの四角い切れ込みが目に入り、あそこからここへ運び込まれたのだと分った。

ここは部屋というより、あなぐらなのだ。

たぶん、あの穴からはしごを下ろし、上り下りする。今はそのはしごが外されて引き上げられてしまっているのだろう。

でも、誰が、どうしてこんなことをしたんだろう。

そう思ったとたん、天井でガタッと音がして、その口が開いた。

「気が付いたのか」

思いもよらなかった顔が覗《のぞ》いていた。

「先生！」

早夜の声はかすれていた。

「まあ、悪く思うな」

と、新井幻斎は言った。「お前も少しうまく立ち回ればいいのに」

早夜は、怒りよりも、あまりの思いがけなさに、呆然《ぼうぜん》としていた。

「先生が私をここへ？──でも、どうしてですか？」

新井幻斎は、ちょっと笑っただけで、

「まあ、そこでゆっくりしてろ」

と言った。

「待って下さい！　先生、ここはどこなんですか？」

早夜の問いには答えず、新井はその出入口を閉めてしまった。

「先生！──先生！」

早夜はくり返し呼んだが、もう天井からは何も聞こえなかった。

13 代役

「申しわけありません！」

いきなり頭を下げられて、片山たちは一瞬、寺田典子が早夜をどこかへ連れて行ったのかと思った。

しかし、寺田典子は、続けて、

「私がそばについてなきゃいけなかったのに……。幻栄さんに何かあったら、私も生きていられません」

と言ったので、やっと分った。

「いや、別にそういう意味で来てもらったわけじゃないんですよ」

と、片山はなだめて、「あなたのせいじゃない。まあ、ともかく座って下さい」

と、寺田典子を椅子にかけさせた。

「はい……」

と、柳井幻栄のマネージャーはハンカチで涙を拭《ふ》くと、「ともかく、降霊を突然中断されてしまうと、霊媒は不安定な精神状態になるものなんです」

「なるほど」

「ずっとそばについてあげなくちゃいけなかったのに……」

「寺田さん」

と、晴美は言った。「あなたは、早夜さん──柳井さんが自分でどこかへ行ってしまったと思ってるんですか？」

「ええ、たぶん……。そうじゃないんでしょうか？」

「我々は、誰かが彼女を連れ去ったんじゃないのかと心配してるんですが」

片山の言葉は、寺田典子にさらにショックを与えたようだった。

「どうしましょう！　一体誰がそんなことを──」

「落ちついて下さい」

片山は内心、「どうしてこうも、『なだめなきゃならない』相手が多いんだ？」と嘆いていた。

「柳井さんが、一人で帰ってしまったと思うんですか？」

「いえ……。個人的な持物は残っています。でも、まさか……」

「あの騒ぎのとき、あなたはどこにおられたんですか」

と、片山は訊《き》いた。

「私は……降霊が始まると、この小部屋の前の廊下から離れました。下の居間で、終るのを待とうと思い、階段を下りて行きました」

片山と晴美は、ちょっと目を見交わした。

「そのとき、あのルミという女の子を見ませんでしたか？」

「亡くなった子のふりをした女の子ですね？　いえ、見かけません」

すると、階段にピアノ線を張り、ルミをドアの外へ連れて来たのは誰なのだろう？　矢一郎は、この小部屋で降霊会に加わっていたのだ。

「――何か叫び声がしたのは聞きました」

と、寺田典子は言った。「何があったのかと心配になって、駆けつけようかと思ったんですが、こんなお屋敷の中ですし、ためらっている内に……」

「分りました」

「あの――本当に幻栄さんの身に何か……」

「まだ何とも言えません。何か分ればすぐに知らせますよ」

「ありがとうございます！」

寺田典子が小部屋を出ようとドアを開けると、石津がやって来たところだった。

「片山さん」

「どうした？」

「今、玄関に——」

「誰か来たのか」

石津が答える前に、菱倉良子が姿を見せて、

「柳井さんの師だという新井という方が」

居合せた寺田典子が目を見開いて、

「まあ！　新井幻斎が？」

「何だというんです？」

「それが——」

と、良子はちょっと口ごもり、「柳井さんより自分の方が優れた霊媒だと。七重の霊を必ず呼び出してみせる、とおっしゃって」

片山と晴美は顔を見合せた。


——居間では、いささか気まずい沈黙が広がっていた。

奥のソファに座った久保秀美と、その前に立って、じっと秀美をにらみつけている菱倉夏子の間の、張りつめた緊張が目に見えるようだった。

「一体いつまで図々《ずうずう》しくここに居座ってるつもり？」

と、夏子が居丈高に言うと、

「警察の方から、帰らないように言われています」

と、秀美が言い返す。

「じゃ、いっそのこと、留置場のお世話になれば？　人の亭主を盗んでおいて！」

秀美は黙っていた。

それがまた夏子には不愉快なのだろう。

「あんたは、ここの財産が目当てだろうけど、私は断じて許さないわよ！」

と、怒鳴りつけた。

秀美は微笑んだ。

「私は、誠さんを愛しています。誠さんも愛して下さっています。――それで充分なんです。財産なんて、何の関心もありません」

秀美の口調には、誠と愛を確かめ合ったという自信が感じられた。

「何ですって！　図々しいにも――」

「お邪魔します」

妙に取り澄ました声がした。「新井幻斎と申します」

一見、手品でも始めそうな、タキシード姿の新井幻斎は居間の中を見回して、言った。

「私こそ、日本一の霊媒、新井幻斎です」

「すると——」

と、片山は言った。「柳井幻栄さんが、あなたに呼びかけたとおっしゃるんですね?」

「その通りです」

と、新井幻斎は肯《うなず》いて、「まあ、あれもTVなどで有名になってからは、私を避けたりするようになったが、人間とは弱いものですからな。責めようとは思いません」

聞いていた、早夜のマネージャー、寺田典子が何か言いたげにしたが、隣にいた晴美がそっと抑えた。

「しかし、そこはやはり弟子で、自分の手に負えないと悟って、私に助けを求めて来たのです」

とてもそうは思えないが、片山もあえて言わないことにした。

「柳井さんは、あなたにどうやって連絡して来たんですか?」

と、片山は訊いた。「電話でも?」

「いいえ。私の心に呼びかけて来ました」

「心に、とおっしゃると、具体的には?」

「まあ、世間一般の方には『テレパシー』とでも言った方が分りやすいでしょうね。しかし、これは霊媒同士にしか分らない、心の交信とでも申しますか」

「それで——その『心の交信』で、彼女は何と言っていました?」

「自分はとてもこの降霊に耐え切れない、と。途中で投げ出してしまうのは申しわけないので、先生がぜひ代って引き継いで下さい、ということでした」

「彼女はどこにいると言っていました？」

「旅に出る、と言っていました」

「旅に？　どこへです？」

「それは何も言っていませんでした。まだまだ未熟だと悟ったので、修業をする、と言って……」

「でも、そんなこと、ひと言もおっしゃっていませんでしたけど」

と、良子が言った。

「霊媒も普通の人間です」

と、新井は言った。「自分の非力を認めるのは勇気のいることですから」

聞いていられなくなったのか、寺田典子は憤然として居間から出て行ってしまった。

「――どうします？」

と、新井は言った。「あなたは、お嬢さんの霊を呼び出せればよろしいのでしょう」

「それはもちろん……」

「それなら私にお任せ下さい」

と、自信たっぷりの様子。「みごと、お嬢さんを呼び出してご覧に入れます」

良子は当惑した様子で片山の方を見た。

「片山さん……。こんなときですが、また降霊会を開いてもよろしいでしょうか」

「まあ……禁止したりする権限はありませんから。もし、あなたが望まれるのでしたら」

「ありがとう。──柳井さんに申しわけない気もしますけど、もしも七重を呼び出すことができるのなら……」

良子の気持は片山にも分った。

「──陽子さん」

と、良子が言った。「あの部屋をもう一度整えて」

「かしこまりました」

相変らず、顔色一つ変えずに、陽子は一礼して出て行った。

「私も立ち会わせていただきましょう」

と、新井が陽子の後を追って行く。

──何となく居間の中にホッとした空気が流れる。

「何だか、恥ずかしくなる人ね」

と、ポツリと言ったのは、久保秀美だった。

夏子が、それを聞いて、

「人のことが言える立場?」

と、いやみを言ったが、

「いや、秀美ちゃんの言うことは分るな」

智次が言った。「僕もあの新井何とかいう霊媒を見てて、こっちが恥ずかしかったもの」

片山と晴美は顔を見合せた。

良子が戸惑いながら、

「私も――柳井さんほどは信用できないような気がしたけど、でもやってみても損はないでしょう。――もう一度、手を貸して」

と、一族を見渡した。

片山と晴美は廊下へ出た。

「――どう思う？」

と、晴美が訊《き》いた。

「怪しいな。早夜ちゃんが消えて、すぐ現われたのも。もし、テレパシーで早夜ちゃんがあいつに代役を頼んだとしても、ああいうスタイルでやってくるのに準備がいるだろ」

「あんな話、信じられないわね」

晴美は思い付いたように、「そうか。――当然、誰かがあの新井にやらせてるのよ」

「金を渡して？　それは……」

片山もやっと気付いた。「そうか。――自分以外の誰かを『犯人』と名指しさせたいんだ」

「早夜さんの師のくせに、ひどいわね」

「良子さんに言っておいた方がいいかもしれない」

「そうね。良子さんは本気だわ」

「母親の気持としては当然だ。――しかし、降霊会を開くなとも言えない」

「あの新井が誰を犯人だというかも聞きたいわね」

「そうだな。つまり、それ以外の誰かが犯人ってことだ」

「新井を見張ってれば、頼んだ人間も分るかも」

と、晴美が言って、「――あら、ホームズどうしたの?」

ホームズが、廊下へ顔を出して、一声、

「ニャン」

と鳴いた。

「お呼びらしいわよ」

ホームズについて居間の中へ戻ると、ホームズは、奥の窓の所へ行って表を見た。

「あら、いつの間にか雨になったのね」

「中にいると分らないな」

「本降りだわ」

ホームズがトットッと足早に居間から出て行く。

片山たちもそれについて行った。ホームズが玄関の所で足を止める。

「何なの？　ホームズ？」

と、晴美は玄関の上り口にしゃがみ込んだ。

「――この靴は？」

「エナメルの？　そりゃ、今の新井幻斎のだろ」

と、片山は肩をすくめて、「普通、そんな靴、はかないぜ。舞台にでも上るんでなきゃ」

黒のエナメル靴だが、金色の留金に、色ガラスの飾りがいくつもはめ込まれている。確かに、普通にこんな靴をはいて歩く人はいないだろう。

「ホームズが何か気にしてるわ」

「そうだな……。今は外の雨を眺めてたけど――」

「ニャー」

と、ホームズが鳴いた。

「この靴……」

晴美は、その新井のものらしい靴を手に取った。「濡《ぬ》れてないわ、少しも」

「何だって？」

「ほら」

晴美は、玄関へ下りると、ドアを開けて外を見た。「――気が付かなかったけど、雨は少し前から降ってたのよ。外を見て。水たまりがあちこちにできてる」

「新井がやって来たのは、ついさっきだろ」

「当然、雨は降ってたはずだわ。でも、この靴は少しも濡れてない」

「というと……」

晴美は靴を置いて、

「新井は、どこかこの屋敷の中にいたのよ、そして玄関へ来て、今やって来たというふりをした……」

「警察の車が出入りしているから、門も開けたままだ。いきなりこの玄関に立っていてもおかしくない、か」

片山は肯《うなず》いて、「どうも、あの新井って男には色々隠しごとがありそうだ」

「早夜さんのこともそうよ。彼女の姿が見えなくなったことを、どうして新井が知ってたの?」

片山は二階の方へ目をやって、

「新井が早夜ちゃんをどこかへ連れ出したんだ」

「でも、靴は濡れてない」

二人は顔を見合せた。

「——早夜ちゃんは、この屋敷の中にいる！」

と、片山は言った。「畜生！　捜したはずなのに！」

「これだけの家よ。きっと何か隠し部屋のようなものが……」

二階から、当の新井幻斎が陽子と一緒に下りて来たので、片山たちは口をつぐんだ。

「仕度は整いました」

新井は手を打って、「では始めましょう！」

居間から良子が出て来て、

「よろしいんですの？」

「はい、いつでも」

「それでは。——あなた、あの小部屋に」

良子が促すと、矢一郎が気の進まない様子で立ち上った。そして、誠、智次らも順次居間から出て来る。

「——どうする？」

と、片山は晴美を見た。

「でも——良子さんに話したら、降霊会そのものをやめてしまうわ、きっと」

「そうか。それもそうだな」

誠が、久保秀美を廊下の隅へ連れて行って、

「君は夏子のそばにいたくないだろう」

と言った。

「一緒に降霊会に」

「そうするかい？」

「ええ」

晴美が、行きかけた二人を呼び止めて、

「誠さん。ちょっとお伺いしたいことが」

「私に？——君、先に行っていてくれ」

と、誠は秀美を先に二階へやろうとした。

「ちょっとお待ち下さい」

と、新井が足を止めて、「直接、降霊に参加される方以外は、部屋に入らないで下さい。霊気の流れが乱れます」

「僕は立ち会わせてもらいます」

と、片山が言うと、

「まあ——刑事さんは仕方ありませんね」

と、新井は渋々肯いた。

秀美は、誠の耳に何か囁《ささや》いて、廊下を行ってしまった。

誠は晴美の方を向いて、

「愚かな年寄と思っているでしょうな」

と言った。

「いいえ、恋は他人が口を出すものではありませんわ」

「そうおっしゃられると……。ところで私に何か？」

「あなたならご存じかと思って。――この屋敷に、秘密の部屋とか、隠してある物置とかはありませんか」

「さて……」

誠は困惑気味だったが、「――部屋というほどのものではないが……」

「何かあるんですか？」

「一時、ほら、大地震のときのために、水や食料を備蓄しておくのがはやったでしょう。はやった、というのも変だが。そのとき、兄の正市がそのための倉庫を作らせたことがありますよ」

「それは、使っているんですか？」

「いや、熱が冷めてしまって、結局ただ穴ぐらを掘っただけです。今も何も置いていないでしょう」

「それはどこなんですか？」

と、晴美は訊《き》いた。

「では、始めましょう」

と、新井幻斎は言って、テーブルについた。

新井はちょっと咳込《せきこ》んで、小部屋の様子を確かめるようについて来ていた陽子の方へ、

「すまないが、喉《のど》をしめらせたい。水を一杯」

と頼んだ。

「かしこまりました」

陽子が小部屋を出て行く。

とりあえず、少し間が空いて、ホッとした表情の智次が、

「でも本当に霊を呼び出せると思うか？」

などと哲也に話しかけている。

少し遅れて、誠が小部屋へ入って来ると、

「良子さん、これではっきりするといいね」

と、良子へ言った。

「ありがとう」

「七重ちゃんは本当に可愛い子だった。あんな子を殺すなんて、全く、どういう人間なん

だろうね」

誠は椅子にかけると、「生きていれば、もう八つか……。小学校に入ってる年齢になったんだね」

「ええ」

と、良子は肯いた。「あの子の入学式や運動会を見に行きたかったと思いますわ」

「そうだろう。――まあ、私には子供がないが、もしいたら、可愛がりすぎてだめにしてしまったかもしれない」

と言って、誠はちょっと笑った。

「――お待たせしました」

待たせるというほどの間もなく、陽子がグラスを盆にのせて入って来た。「皆様の分も一応お持ちしました」

いかにも陽子らしい気のつかい方だ、と片山は思った。

陽子がテーブルにグラスを置く。

「レモネードです。お水よりも喉にいいかと」

「ありがたい」

新井はグラスを手に取って、ほとんど一気に飲み干してしまった。

他の面々は一口二口飲んだだけ。

片山は、テーブルについているわけではないので、

「僕は結構です、ありがとう」

と断った。

陽子が小部屋を出て行き、ドアが閉ると、雰囲気が一変する。

「それでは……」

と、新井が座り直した。「皆さん、よろしいですか？」


早夜は、ふと顔を上げた。

――物音がしたような気がしたのだ。

気のせいだろうか？

じっと耳を澄ますと、確かに足音らしいものが頭上から聞こえてくる。

早夜は立ち上ると、

「誰か！」

と、天井に向って呼びかけた。「誰かいますか！　――答えて！」

足音は一旦《いったん》止った。聞こえているのだ！

早夜は嬉《うれ》しくなった。

しかし、少しすると、また足音が聞こえて来た。――たぶん、どこから声がしたのか分

らないのだろう。

「お願い！　地下にいるんです！　下です！」

と、思い切り大声で叫ぶと、再び足音はピタリと止った。

「床を見て！　床です！」

くり返し叫ぶと、何かゴソゴソと引きずるような音がした。

早夜は息をのんで待っていた。

やがて、天井の隅の四角い切り込みの部分がガタッと音をたてて外れると、

「あ！　柳井さん？」

顔を覗《のぞ》かせたのは、久保秀美だった。

「良かった！　気が付いてくれて」

「カーペットの下だったんで、よく聞こえなくて。どうしたんですか？」

「閉じこめられたの、ここへ。ここ、どこなのかしら？」

「お屋敷の庭にある四阿《あずまや》って言うんですか、小さな建物で……」

「じゃあ、菱倉邸の中なのね。――お願い、誰か呼んで来て、はしごを持って来てもらってちょうだい」

「分りました！　でも誰がこんな――」

と言いかけたときだった。

突然秀美の上に誰かが覆いかぶさるのが見えて、秀美の首を両手で絞めたのだ。

秀美は声を上げることもできず、必死でもがいた。

「秀美さん！　秀美さん！」

と、早夜は叫んだ。

四角い穴から秀美の姿が消えて、床をバタバタとけっている音がした。

秀美が殺されてしまう！

「ああ、神様！　——誰か来て！　誰か！」

早夜は思い切り大声を上げたが——。

そのとき、他の足音が入り乱れた。

「キャーッ！」

という金切り声。

そして駆けて行く足音がした。

——どうなったんだろう？

早夜は息をのんで、じっと様子をうかがっていた。

少し間があって、あの穴から、ヒョイと顔を出したのは——。

「ホームズ！」

「ニャー」

ホームズの隣に晴美が顔を覗かせ、

「早夜さん、大丈夫？」

と言った。

「ええ、私は。——秀美さんが」

「危いところだったけど、大丈夫」

「良かった！」

早夜は胸をなで下ろした。

「待ってて下さい。この四阿の裏にはしごが置いてあると思うんで」

晴美が姿を消し、少しすると、ガタガタと音がして、

「下ろしますよ」

という声と共に、古ぼけたはしごが穴から下りて来た。

「——助かったわ！」

はしごをこわごわ上って、何とか穴ぐらから出ると、早夜は床に座り込んだ。

秀美は、まだ少しぐったりして、やはり床に座って壁にもたれかかっている。

「——秀美さん、こんなひどい目にあって。ごめんなさいね」

と、早夜が言った。

「いいえ、何とか大丈夫……」

秀美は喉《のど》をさすりながら、「ホームズが飛びかかって、思い切り引っかいてくれたの」

「でも、どうしてこんなひどいこと……」

早夜は晴美の方を向いて、「私をここへ閉じこめたのは、新井先生です」

「だろうと思ったわ」

と、晴美は肯《うなず》いた。「今、あなたの代りに降霊会を開いてるわ」

「先生が？　でも——今、秀美さんの首を絞めようとしたのは誰なんですか」

早夜が訊《き》くと、晴美はちょっと言いにくそうに、

「あなたのよく知ってる人よ」

と言った。「あなたのマネージャー、寺田典子さん」


「では、皆さん、心を無にして下さい」

と、新井は言って、左右の良子と矢一郎の手を取った。

智次がため息をつく。——それでも再び輪はつながった。

「よろしいですね。何が起きてもびっくりしないで下さい。私に、五歳の少女の霊がとりつくのですから、一見奇妙に思えるでしょうが、私を信じて、成り行きを見守っていて下さい」

新井はそう言うと、目を閉じて、顔を心もち上向きにした。そして、深く息をつく。

しばらく沈黙があった。

片山は、早夜が降霊会をやったときに、小部屋の空気が変ったのを思い出して、

「何も起らないな」

と、小声で呟《つぶや》いた。

新井は、深い呼吸をくり返し、時々、

「ウーン……」

と唸《うな》るばかり。

智次と哲也はチラチラと目を見交わしたりしている。

「見える……」

と、新井が言った。「ロビーだ。ホテルのロビーを駆け回っている女の子が……」

新井は呼びかけるように、

「さあ、おいで……。こっちへ来てごらん。——何も心配することはないよ……」

そして、ゆっくりと頭を左右へかしげると、「この子だ……。この子が七重ちゃんだ。七重ちゃん……。七重ちゃん……」

と、くり返した。

「見えて来る……。はっきりと見える……。あの子が一人で遊んでいるのが……。一人で……」

新井の声がかすれて消えた。

——片山は、じっと待っていた。

新井は本当に霊が下りて来ているように見えた。それまでの芝居がかった表情がなくなって、自然な表情になる。

そしてじっと目を閉じたまま、半ば天井の方へ顔を上げている。

沈黙があった。

緊張が高まっていた。——何か起りそうな予感があった。

誰もがじっと待ち続けている。

片山も、息を殺してその様子を見ていたが……。

やがて——何かが聞こえて来た。

だが、期待された「少女」の声ではなかった。何の声か——いや、音だろうか？

テーブルを囲んでいる面々が、ゆっくりと目を開けた。

戸惑った表情。そして、互いに顔を見合せる。

片山も気付いた。途切れ途切れに聞こえている「音」は——新井幻斎のいびきだったのである。

14 真相

当然のことながら、怒りで顔を真赤にし、身を震わせんばかりだったのは良子である。いとも平和にいびきをかき続けている新井を、焼き殺さんばかりの目でにらみつけながら、ゆっくりと立ち上ると、両手で新井の体を思い切り突いた。

新井は椅子ごと後ろへ倒れて、派手な音と共に床へ転った。

さすがに目を覚ました新井は、床に起き上ったものの、何が起ったのか分らない様子で、目をパチクリとさせていた。

「出て行って！」

と、良子は怒鳴った。「すぐ出て行かないと、窓から放り出すわよ！」

「あの……これは一体……」

と新井はキョトンとしている。

「降霊会で居眠りはないだろう」

と、智次が笑って、「みんなで仲よくお昼寝の会ってわけか？」

「居眠り？——私が？」

新井もさすがに愕然《がくぜん》として、「いや、そんな……。こんなことは初めてです。何とも申しわけない！」

「初めてで最後ね」

と、良子は言った。「もう、霊媒としてあなたを信用する人などいないでしょうからね」

「待って下さい！　もう一度——もう一度やらせて下さい！」

焦りまくって、新井は拝まんばかりだったが、良子はただ冷ややかに、

「バケツの水でも浴びせられない内に帰って！」

と、言い放った。

矢一郎が取りなすように、

「そう責めるな。人間、失敗というものはあるさ」

と、なだめたが、

「冗談じゃないわ！」

良子の怒りはおさまる気配もない。「七重のことを侮辱したわ！　許さないわよ。早く出て行って！」

と、ドアの方を指さす。

そのとき、ちょうどドアが開いて、そこに早夜が立っていたのである。

「早夜ちゃん！　大丈夫だったのか！」

片山が立ち上る。

新井が目をみはって、

「お前……」

「先生、先生はおっしゃっていましたね。『霊は曇りのない、澄んだ心にしかやって来ない』と。先生にはもう霊媒の心はありません」

と、早夜は言った。

晴美とホームズが早夜の後ろに現われて、

「その新井さんには、帰ってもらっちゃいけないわ。石津さんがしっかり見張っててくれるわよ」

と言った。「石津さん」

石津がやって来ると、青ざめている新井を連れ出した。

「――柳井さん」

と、良子が言った。「ごめんなさい。あなた以外の人に任せるべきじゃなかったわ」

「いえ、お気持はよく分ります」

と、早夜は言った。「皆さん、お集まりですね。――では改めて降霊会を開きましょう」

「まあ、やって下さるの？」

「はい」

早夜は、やれやれとため息をついている智次らを促して、前のときと同じように席に着かせた。

片山はその間に晴美から事情を聞いて、

「じゃ、新井を後でしめ上げれば、何かつかめるな」

「そうね。それと、これから早夜さんが行う降霊でね」

――今まで四阿《あずまや》の地下に閉じこめられていた早夜だが、テーブルについている今、一回りも二回りも、その存在感を増しているように感じられた。

「寺田典子が新井を手伝ってたのか」

と、片山はそっと小声で晴美へ言った。

「たぶんね。――ホームズに引っかかれなければ、秀美さんを殺してたわ、きっと。この近くにいるでしょう」

「すぐ手配を――」

「石津さんから頼んでもらってるわ、大丈夫」

「よし」

片山は肯《うなず》いて、また早夜の方へ目をやった。

「始めます」

早夜は静かにそう言って目を閉じた。

手をつないで輪を作っている一人一人がどこかへ引きこまれて行くように見えた。

「お兄さん……」

「うん。——始まったな」

小部屋の気温が急激に下り始めた。吐く息が白くなる。

片山も晴美も、そしてホームズも、じっと身じろぎもせず、早夜の微妙な変化に目をこらしていた。

早夜が深く息をついた。

まだ終らないのかな。

——七重は、すっかり退屈していた。

大人たちは、あの「エンカイ」というものの何が面白いんだろう?

ゲームをするわけでもないし、空を飛ぶわけでもない。音楽も、TVもない。

みんな真赤な顔をして、ただわけの分らないことを怒鳴ったり笑ったりしているだけだ……。

七重は、ママとの約束を決して忘れなかった。

このロビーから出ないこと。

七重は、自分がいつも遊んでいる部屋の何倍——いや、何十倍もあるこのロビーなら、いくらでも遊んでいられると思ったのだが、でも、ここには人形もなければ絵本もなかった。

七重はあてが外れた。

それでも、七重はロビーの中だけで駆け回り、ソファの上ででんぐり返しをしたり、飛びはねたりして遊んでいた。

——ママと約束したんだ。

ママ、可哀そうだ。あんなにパパは酔っぱらって、いつもとは全然違うみたい。

お酒なんか、みんなどうして飲むんだろう？

七重はソファに寝そべっていた。

つまらない。——どこかに行っちゃいたいけど……。

でも、ママが心配する。

ああ、早く「エンカイ」なんて終ってくれないかな！

ソファに寝て、天井を見上げていると、ふと誰かがそばに立っているのに気が付いた。

「あ……」

「何してるんだい？」

「遊んでるの」

と、七重は起き上った。「ママと約束したの。このロビーから外へ出ない、って」

「いい子だな」

「お酒、飲んでる？」

「ああ。──少しね」

「お酒って、おいしい？」

「そうだな……。おいしいかって言えば、そうおいしくない」

「じゃ、どうして飲むの？」

「酔うためさ。酔っ払いたくて、飲むのさ」

「ふーん」

七重は分らなかった。

七重はソファから降りると、スタスタと歩き出した。

「どこに行くんだ？」

「おトイレ」

「そうか。ついてってあげよう」

「一人で行ける！」

七重はちょっとプライドを傷つけられて言った。「七重、子供じゃないもん」

「そうか。──そうだな。もう……いくつだった？」

と、七重は言って、パパが言っていたのをそっくり真似て、「孫の年くらい憶《おぼ》えといてよ」

「五つだよ」

菱倉正市は笑った。

七重は女性化粧室へ入って、奥の仕切りに入ると、戸を閉めた。

もう小さい子供じゃないんだもん。トイレぐらい、一人で行ける。

でも、おじいちゃんもおばあちゃんも、七重がまるで赤ちゃんだと思っているみたいだ。

今日、久しぶりに会ったおじいちゃんが、

「もう幼稚園に入ったのか？」

と言ったので、パパが笑って言ったのだ。

「孫の年くらい憶えといてよ」

と……。

七重は、トイレの水を流して、きちんとスカートのしわをのばすと、戸を開けた。

思わず声をあげるところだった。

目の前に、おじいちゃんが立っていたのだ。

「おじいちゃん、どうしたの？——おじいちゃん」

だが、そこにいるのはいつものおじいちゃんではなかった。七重を見下ろしている目は血走っていて、人間じゃないようだった。

「おじいちゃん……。怖い顔しないでよ」

七重は後ずさった。おじいちゃんは近付いて来た。大きな、しわだらけで、しみのある手が、七重の方へのびて来た。

「おじいちゃん、やめてよ。――怖いよ。おじいちゃん。――おじいちゃん！」

七重は叫んだ。

その口を、大きな手がふさいだ。


「やめてくれ！」

バタンと椅子が倒れた。

――小部屋の空気は冷えて、そして指で弾けば鳴るかと思うほど緊迫していた。

立ち上っていたのは、矢一郎だった。

「こんなのは遊びだ！　茶番だ！」

と怒鳴ると、大股《おおまた》に数歩テーブルに背を向けて離れた。

荒い呼吸が、いくつか絡み合った。

早夜が額に汗を浮べている。

青ざめた良子。

そして、激しく肩で息をしている矢一郎がいた。

――長い沈黙の後、矢一郎が言った。

「こんなことをしてどうなる」

「あなた――」

「七重が生き返るのか？　何をしても、七重は戻らない」

「あなた、知ってたのね」

良子の問いかけは、静かだが、拒み切れない迫力があった。

「良子……」

矢一郎はゆっくり振り向いた。

「あなた、知ってたのね。――七重を殺したのがお義父様《とう》だと」

矢一郎は目をそらして答えなかった。

良子がゆっくりと立ち上った。

「――ひどいわ！　自分の子を殺されて黙っていたの？」

「そんな女のたわ言を信じるのか？　俺の言うことよりも」

矢一郎の表情が、何より真実を語っていた。

「たわ言なら、なぜそんなに恐れるの？」

「恐れてなんかいない！」

「いいえ、怖がってるわ。あなたは怖いのね、お義父様の犯行と分ると、菱倉家の名に傷がつくと」

「良子――」

「ひどいわ！　もうお義父様には何も分らないのよ」

片山が進み出て、

「お義父様というのは――」

「菱倉正市。夫の父です。二年前から、寝たきりの状態で、意識もありません」

良子は、よろけそうになって、椅子の背につかまった。「今になって、そんな……。あの子が可哀そう！」

「違います」

と、早夜が言った。

「――違う、って？」

良子が早夜を見る。「何が違うんですか？」

「私には、あの先が見えていました。七重ちゃんを殺したのは、おじいさまではありません」

「では――」

「殺したのは、おばあさまです」

良子はかすれた声で、

「何ですって？」

「矢一郎さんもそれをご存じです。だから、そこへ行き着く前に降霊を遮ったのです」

「あなた……」

良子は矢一郎の方へ歩み寄った。「どういうことなの！」

矢一郎は、壁にもたれて立った。

「あなた――」

「親父は、小さな女の子が好きだった」

と、矢一郎は言った。「しかし普段なら、その気持を抑えておけたんだ。あの日は――飲み過ぎて、酔い過ぎていた。抑えられなくなっていたんだ……」

「七重を――自分の孫を？」

「酒のせいだ。――酒のせいなんだ」

「では、どうしてお義母様が……」

「母はトイレに立って、その場へ行き合せてしまった。――親父が放心したように立っていて、七重がトイレの床で泣いていた」

矢一郎は両手で顔を覆うと、「このことが世間に知れたら、菱倉家は終りだ。母は七重に言い含めようとした。だが、七重は泣くばかりだった。少なくとも、お前には訴えるだろう。親父に何をされたか。――お前は黙っていなかっただろう」

「当然でしょ」

「そうだ。母もそう分っていた。だから――七重を殺すしかなかったんだ。髪を縛っていた紐《ひも》で」

「あなた……。いつから知ってたの？」

「あの晩に、母から聞かされた。――母も苦しんでいた。しかし、菱倉家を守らなきゃならなかった。母にとっては、それがすべてだったんだ」

矢一郎はテーブルに腰をかけると、「許してやってくれ。――お袋は自分で自分を裁いた」

「自分で？」

片山が目を見開いて、「それは――ご自分で胸を刺したということですか？」

矢一郎は肯《うなず》いた。

「母は、不安になって、降霊会の様子を廊下でうかがっていたんです。この人は本当に七重を呼び出した。――母は、そのとき、あのルミという子が廊下をやって来るのを見て、七重が本当に現われたのかと思ったのです。寝室へ逃げ帰った母は自分で胸を……」

「しかし、指紋がありませんでしたが――」

と、片山は言いかけて、「そうか。夏子さんですね」

ハッと息をのむ気配がした。

小部屋のドアが開いて、夏子が立っていた。誠が立ち上って、

「お前……。何をしたんだ？」

「私は何もしないわ！」

と、夏子が叫ぶように言った。

「もと代さんが死んでいるのを発見したとき、あなたはもと代さんが自ら命を絶ったと分ったんでしょう」

と、片山は言った。「きっと、もと代さん自身の手が、刃物を握っていたんでしょう。でも、自殺となれば、もと代さんが犯人だと知れる。あなたは、もと代さんの手を離させて、凶器から指紋を拭《ふ》き取った。殺されたと見えるようにね」

夏子は青ざめて身震いしながら、

「恐ろしかった……。でも、菱倉家の名誉のためには……」

「いずれ知れることですよ」

と、片山は言った。「それに、世間に知られなければ、名誉は守られるんですか？」

誠が首を振って、

「お前はもともと菱倉家の人間でもないのに」

と、ため息をついた。

片山は矢一郎の方へ向き直ると、

「新井幻斎に、柳井幻栄をさらわせたのも、あなたですね。——つまり、彼女の能力を初めから信じていたんですか」

「——初めは、こんな降霊など、インチキに決っていると思っていたんです。しかし、ハンカチの件などで、その人は本物かもしれないと思えて……。何とかして、降霊で真実が分るのを止めたかったんです」

「それで、里中さんに言って、あのルミという女の子を雇ったりしたんですね」

「ご存じでしたか。——良子に本当のことを知られたくなかった」

「あなた」

良子が背筋を真直ぐに伸して、「私たちの子を犠牲にして、この家を守るつもりだったの？」

「良子。七重は死んだんだ。——家のことはその後の問題だった。そうだろう？　親父とお袋を警察へ突き出してどうなる。七重は戻って来ない」

良子は、急に決然とした様子で小部屋を出て行った。

「良子。どこに行く！　——待て」

矢一郎が後を追った。

片山たちも、それについて行った。

良子は奥のもと代の部屋へと真直ぐに向った。——現場に立入ることを禁じるテープが張られていたが、良子はそれを引きちぎると、ドアを開けて中へ入った。

「——良子」

「あの人は歩けたのね」

「お前……」

「寝たきりのふりをしてたのね。そうでしょう」

矢一郎が答える前に、

「おっしゃる通りです」

と、声がした。

陽子がいつの間にか立っていた。

「——ここで、寝たきりを装いながら、こっそりと歩き回っては、私たちを笑っていたのね。——卑劣だわ！　私の子を殺して、平然としていた。悪魔！」

と、良子が叫んだ。

そして、床に崩れるようにうずくまると、声を上げて泣いた。

みんなが、もと代の部屋の前に集まって来ていた。言葉もなく、泣きじゃくる良子を見ている。

「——そうか」

と言ったのは、哲也だった。「夜、居間に矢一郎兄さんが誰かと入って来たので、ソファのかげに隠れてたんだ。その『誰か』は口をきかなかったけど、香水のような香りがして、どうも憶《おぼ》えがあった。あれはお母さんだったんだな」

矢一郎は空のベッドをじっと見つめて、

「親父が倒れて、意識不明になったとき、お袋は『罪の報い』だと思ったんだよ。寝たきりになったふりをしたのも、お袋なりの償いだったんだ。だから夜中にそっと起きて、居間へ下りたりしていた……」

片山は矢一郎の肩に手をかけて、

「詳しいお話を」

と言った。

矢一郎は黙って肯くと、片山と共にもと代の部屋を出た。

エピローグ

早夜は、片山たちと一緒に居間へ入って行くと、ソファでふてくされている新井の前に立った。

「先生」

「どうだった」

「七重ちゃんの霊を呼び出しました」

「さすが俺の弟子だ」

「先生。なぜ寺田さんにあんなことをさせたんです」

と、早夜は言った。

「あいつは——勝手に俺に言い寄って来たんだ」

と、新井は肩をすくめた。「俺を霊媒として、ふさわしい舞台に出したがってた。この一件が上手《うま》くやれれば、マスコミも俺に注目するだろう」

「じゃ、寺田さんが仕組んだことだと？」

「そうさ。俺はあまり気が進まなかった。本当だ」

と、新井は言った。「寺田典子がすべて考えたんだ。矢一郎さんとも利害が一致したんで、協力することになった」

「ひどいわ、先生」

「しかし、そうでもしないと、俺はもうこの年齢《とし》だ。表舞台に出て行けない」

「寺田さんのことは心配じゃないんですか?」

と、晴美が訊《き》く。

「ああ、どうせ用がすめば別れるつもりだった」

「——何ですって!」

居間の戸口に、寺田典子が立っていた。

「ニャー」

と、ホームズが鳴いた。

「お前——聞いてたのか」

新井が青ざめる。

「この嘘つき!」

と、寺田典子は叫んだ。「この人は、あのホテルでアイドルの女の子を殺したんです!」

「何を言う!」

「神坂やよいを?」

　と、片山は言った。

「俺じゃない! 俺は知らん」

「矢一郎さんが、この人を利用する代りに、と言って、何がほしいか訊いたら、若い女の子がいいと答えたんです」

　と、寺田典子は言った。「ちゃんと知ってるんだから」

「兄に頼まれましてね」

　と、哲也が言った。「本当は秀美が行くはずだったんですが、やよいが代りにホテルへ行ってしまったんです」

「哲也……。じゃ、俺は初めから外されることになってたんだな」

　と、誠が言った。

「ごめんよ、叔父さん。でも、突然の話だったんで、どうしてもいやと言えなかったんだ」

「秀美でなくて良かった」

　誠が、秀美をしっかりと抱き寄せた。

「やよいちゃんは、社長さんが待ってると思ってたんだわ」

　と、秀美が言った。「でも、現われたのは新井さんだった」

「当然、拒んだだろうね」

と、片山は肯《うなず》いた。「新井さん、正直に白状した方がいいですよ」

新井はがっくりと座り込んだ。

「てっきりあの女の子に話が通じてると思ってたんだ……。ところが俺のことを見て、金切り声を上げ始めて……。とっさに、どうしていいか分らなくなって」

声が段々細くなって消える。

片山は石津に、新井を連行するように言いつけた。

新井は、促され、居間を出ようとして、早夜の方を振り向くと、

「お前は、しっかりやってくれ」

と言った。「霊媒なんて、インチキな奴ばかりだと思われないようにな」

「先生……」

早夜は、寂しげにかつての師が連行されて行くのを見送っていた。

「――片山さん」

と、田所美枝が歩み出て、「私、もう帰ってもいいでしょうか」

「ええ、もちろん」

「じゃ、送るよ」

と、智次が美枝の腕を取ろうとする。

「いいの。一人で帰るわ」

「どうして？　僕もどうせ――」

「あなたはやることがあるでしょ。矢一郎さんのお仕事を、あなたが助けてあげなくちゃ」

智次は面食らった様子で、

「どうして僕が？」

「真面目に働くいい機会じゃないの。あなたは、もうこの家に甘えて生きていちゃいけないわ。――私も、楽な暮しができると思ってついて来たけど、間違ってた。あなたとの間は白紙に戻して」

「おい……。お袋が七重ちゃんを殺したからかい？」

「いいえ」

と、美枝は首を振って、「私にだって、秘密にしてた過去がある。――哲也さん、思い出した？」

訊かれて哲也は、

「ああ。――すぐにね」

と肯いた。「君はあの店でも、断然可愛かった」

「何の話だ？」

と、智次がキョトンとしている。

「智次さん。私はね、お金に困って、風俗の店で働いてたことがあるの。そのときのお客さんの一人が哲也さん」

「そうか……」

「お互い、時間を置いて、また会いたくなったら会いましょう。でも、もちろん自由よ。他の女《ひと》を選んでもね」

美枝は智次の頰に軽くキスをして、出て行った。

「他の女だって?」

智次はポカンとしていたが、「――待ってくれ!」

と、叫んで、あわてて後を追って行った。

「――さあ、僕らも帰ろう」

と、安田医師が安西道子を促した。

「先生。――待って」

と、道子が言った。

「どうした?」

「私――色んな出来事を見てて、思ったの。自分で選んだ生き方を、そう簡単に捨てちゃいけない、って。お医者様の奥さんになるって、すてきなことでしょうけど、私、一度はタレントになろうと決心したんだから、もう少し努力してみたい」

「道子――」

「すみません。馬鹿だって言われるかもしれない。でも今の私じゃ、先生と一緒に歩けないの。私――人形じゃないから、もっと頑張って、成長してからお付合がしたい」

安田は少し困惑した表情で道子を見ていたが、やがてやさしく肩を抱いて、

「分ったよ」

と肯いた。「ただし、冬にビキニでチラシなんか配っちゃいけないぞ」

「ええ、もうしないわ」

と、道子は笑った。

――二人が出て行くと、

「出て行ける者はいい」

と、誠が言った。「菱倉家はもう終りだな」

「菱倉家なんてものはないわ」

と、秀美が言った。「一人一人、違う人がいるだけよ」

「その通りだと思うわ」

と、晴美が言うと、

「私も同感だわ」

――良子が立っていた。

「良子さん……」

「ご心配かけてごめんなさい」

良子は、早夜の方へ歩み寄ると、固く手を握って、「ありがとう！　あなたのおかげで、あの子も浮ばれる」

「いいえ。あなたの愛情が、七重ちゃんを呼び寄せたんです」

と、早夜は言った。

そこへ、

「——コーヒーをお持ちしました」

陽子が、いつもと変らぬ淡々とした口調で言った。

「ありがとう。いただきます」

と、片山は言った。

「安心してお飲み下さい。これには薬が入っていませんから」

と、陽子が言った。

「薬？」

「あの新井幻斎という人、やけにいばっていて不愉快でしたので」

と、陽子は言った。「レモネードに睡眠薬を入れておきました」

晴美が目を丸くして、

「それで、降霊会の最中に居眠りを？」

「よく効いたようで」

陽子は澄まして言うと、「カップは飲み終りましたら、そのまま置いておいて下さい」

と、一礼して出て行った。

「――面白い人ね」

と、晴美が笑って言った。

片山がコーヒーを飲んでいると、早夜がカップを手にやって来た。

「片山さん、色々ありがとう」

「いや、君のおかげだよ」

「どうかしら。――ずっと隠し通すことはできなかったかもしれない。私が暴かなくても、いずれは……」

「早夜ちゃんは、ますます忙しくなるだろうね」

「霊媒が忙しい世の中って、どうなのかしら？　幸せな世の中じゃないかもしれないわ」

「その点は刑事も同じだ」

「嬉《うれ》しいわ。片山さんと共通点ができて」

と、早夜が微笑んだ。

「一つ教えてくれ。TVのスタジオで聞こえた、七重ちゃんらしい女の子の声は？　やっぽり君が呼び出したのかい?」

「いいえ」

早夜はいたずらっぽく、「ごめんなさい。あれは私と良子さんで仕組んだの。片山さんたちが、降霊会を開くのに反対するかと思って」

「何だ、そうだったのか。——ホッとしたよ」

片山たちの所へ、良子が加わった。

「これからどうなさるんですか?」

と、晴美が良子に訊《き》いた。

「さあ……。ゆっくり考えます。でも一つだけはっきりしてるのは、この家を出ていくということ」

良子は居間の中を見回し、「どんなお屋敷も、人を幸せにはしてくれないんです」

と言った。

——片山は晴美の方へ、そっと言った。

「ボロアパートが幸せにしてくれるとも思えないけどな」

片山の足下でホームズが同意するように、

「ニャン」

と鳴いた。

解説

郷《ごう》原《はら》宏《ひろし》

小説の読み方には、およそ三つのアプローチがあります。ひとつは、ひまつぶしのための娯楽として、何も考えずに、ただひたすら物語を追いかけて、読後に「ああ、おもしろかった」（または「つまらなかった」）とため息をつく興味本位の読み方です。ミステリーの読み方としては、これが最も普通で基本的な読み方だといっていいでしょう。私は毎年百冊前後のミステリーを読みますが、そのうち九割まではこういう読み方をしています。そして三日もたつと、何を読んだか忘れてしまいます。でも、それでいいのです。ミステリーはエンターテインメントで、エンターテインメントの原義は「自己励起」ですから、今日たのしく読んで明日へ向かう心の糧《かて》を得られれば、それで十分なはずです。

もうひとつは、作品の背景となる時代や社会、日本の文学史やその作家の作品史に占める位置、そこに込められた作者のメッセージなどに注意しながら読み進める批評的な読み方です。私は長らく文芸批評の仕事をしていますので、書評や解説を頼まれたときには、大体こういう読み方をします。途中で参考資料を調べたり、必要な箇所に付箋《ふせん》をつけたりしますので、読み終わるまでに時間がかかりますが、そのかわり、一度読んだら忘れないという効用があります。

三つめは、小説の構造やつくり方そのものを記号学的に研究する読み方です。これはナラトロジー（物語論）、テクスト分析などと呼ばれるもので、ジェラール・ジュネットの『物語のディスクール』（一九七二）が出てから欧米でさかんになり、日本でも近年、関連の研究書が出るようになりました。そこでは芥川龍之介《あくたがわりゅうのすけ》や太宰治《だざいおさむ》の小説が作品分析のテクストに使われることが多いのですが、私は赤川次郎《あかがわじろう》氏のミステリーこそナラトロジーの絶好のテクストだと考えており、最近『殺人の詩学、あるいはミステリーにおける「語り」の研究』という本を書き始めました。

繰り返しになりますが、ミステリーは基本的には娯楽のための読み物ですから、たのしく読んでたのしい気分になれればそれでいいので、研究や分析は余計なお節介というものです。特に赤川氏のミステリーは能書き不要、黙って読めば十分たのしめるように書かれています。しかし、たとえばおいしい料理を食べるとき、食材や栄養価や調理法などを知っていれば、それだけ味わいが深く感じられるように、こうした解説にも小さじ一杯程度の効能はあると信じて、以下、蛇足を承知の駄文をつらねることにします。

さて、この『三毛猫ホームズの降霊会』は、二〇〇三年十二月から二〇〇四年十一月まで「小説宝石」に連載されたあと、二〇〇五年一月に「カッパ・ノベルス」の一冊として光文社から刊行されました。赤川氏の四百六十一冊目の著書にして「三毛猫ホームズ」シリーズの第四十一作、角川文庫では四十一冊目の「三毛猫ホームズ」です。

この作品が書かれたころ、日本のミステリー界は「トラベル・ミステリー」と「新本格」の時代をへて「警察小説」のブームを迎えようとしていましたが、赤川氏は「三毛猫ホームズ」「幽霊」「三姉妹探偵団」など二十数種のシリーズを書き分ける一方で、新たに初の時代小説「鼠」シリーズを書き始めていました。作家として最も脂の乗りきった、円熟の時代だったといっていいと思います。

ミステリーには、さまざまな「語り」と「視点」の形式があります。最も多いのは、語り手が物語の外にいて、客観的にできごとを語る三人称多元描写ですが、コナン・ドイルの「シャーロック・ホームズ」シリーズのように、作中人物のひとり（ワトスン博士）が語り手をつとめるケースもあれば、レイモンド・チャンドラーの「フィリップ・マーロウ」シリーズのように、語り手が主人公を兼ねるケースもあります。

赤川氏もシリーズによって、さまざまな「語り」の形式を使い分けていますが、この作品では、最も一般的な三人称多元描写が採用されています。三人称というのは、作中人物を「私」や「あなた」ではなく、「彼」または「彼女」として客観的に描く形式、多元描写というのは、物語の視点が複数の作中人物の上に置かれているという意味です。

この作品の語り手（＝作者）は、物語の外にいます。作中人物の一挙手一投足を見逃さず、彼らの心の中にも自由に立ち入ることができます。その視点はまるで神様のように何でもお見通しなので「神の視点」と呼ばれています。つまり、この作品は「神の視点」によって語られた三人称多元描写のミステリーということになります。

「神の視点」は、しかし、いつでも公平に作中人物の上に注がれているわけではありません。そのとき語り手の視線の中心にいる作中人物を、ナラトロジーでは「焦点人物」といいますが、この焦点人物が「語り」を代行する場合も少なくありません。たとえば、この作品の「プロローグ――宴の空白」の冒頭部分。


その日は「仏滅」だった。

「だからあんなことが起ったんだ」

とは無責任な言い方だったが、「仏滅」ゆえに、宴会場フロアが、その日は他に披露宴などもなく、閑散としていたという要素は重要だった。

小さい子供もいるから、と夕方から始まった宴は、二時間たって「一線を越えた」。

「アルコールは控えて」

という良子《よしこ》の願いを、夫は自らアルコールのせいで忘れてしまったのだ。


ご覧のように、「一線を越えた」までは明らかに「神の視点」で語られています。「だからあんなことが起ったんだ」という無責任な発言者は誰だったのか、また「一線を越えた」というのは誰かの発言の一部なのか、それとも語り手（＝作者）による一種の強調表現なのか、これだけではよくわかりませんが、それを全部ひっくるめて、ここまでは物語の外にいる語り手の「語り」になっています。ところが、次の「アルコールは控えて」で良子に語り手の視線の焦点が合うと、以後はもっぱら良子の視点から事件発生までの経緯が語られることになります。つまり、ここでは良子が語り手を代行するわけです。

本文に入って片山兄妹《かたやまきょうだい》とホームズが登場すると、焦点人物は片山義太郎《よしたろう》に移り、義太郎がいない場面では、妹の晴美《はるみ》が語りを代行します。ホームズが焦点になる場面もありますが、彼女は残念ながら人語を解しても人語を話すことはできないので、焦点人物と呼ぶわけにはいきません。

その名も「1視線」と題された冒頭の劇場の場面で、義太郎の中学時代の同級生で霊媒師の柳井幻栄《やないげんえい》、良子の夫でH商事社長の菱倉矢一郎《ひしくらやいちろう》が登場し、さらに「4婚約」の場面で菱倉一族とその関係者が勢揃《せいぞろ》いして物語が動き出します。いずれも個性的で、ひと癖もふた癖もありそうな顔ぶれですが、作者は短い会話を通じて、彼らの性格を実に手際よく描き分けていきます。世にミステリー作家多しといえども、こうした集合場面の描写の巧みさにおいて、赤川氏の右に出る作家はいないといっていいでしょう。

登場人物が増えるにつれて、焦点人物もめまぐるしく入れ替わりますが、その焦点移動はきわめてスムーズに、しかもさりげなく行われますので、めったに読者の意識に上ることはありません。にもかかわらず、それが物語の快適なリズムとテンポと躍動感を生み出し、読者の読書意欲をかき立てます。このように、ページをめくる手を休めさせない物語とその作者のことを「ページターナー」といいますが、赤川氏のページターニングの秘密は、どうやら、この焦点移動の巧みさにあるといってよさそうです。

この作品に限りませんが、赤川氏のミステリーでもうひとつ注目したいのは「――」という記号の使い方です。業界用語で中棒《なかぼう》ともダーシとも呼ばれるこの記号を最初に意識して使い始めたのは、私見によれば芥川龍之介で、名作「鼻」や「藪の中」では特に効果的に使われていますが、赤川氏はそれをさらに進化させて、さまざまな場面で効果的に使い分けています。

たとえば前出の「プロローグ」の一場面。

結婚して二年後、七重《ななえ》が生れた。――お産のときは帰国していたが、半年で夫の任地へ戻り、後は年に二、三度の帰国……。

――正直なところ、結婚前に聞かされた「酒乱の家系」という言葉を、良子はほぼ忘れかけていた。

この日までは。

最初の「──」には、「結婚式は海外で。その後も、夫、矢一郎は海外勤務が続き、良子はずっとそれについて歩いた」という前文を承《う》けて、ただしお産のときには帰国していたという逆接の意味が込められています。それに対して二番目の「──」には、いろいろなことがありすぎて、その言葉を記憶しておく心の余裕がなかったという、良子の後悔と反省の思いが込められています。

また、たとえば「1視線」の冒頭、オペラの第一幕が終わった場面。

──ロビーは、休憩時間にシャンパンの一杯を、という客でにぎわっている。

片山はホームズを下ろすと、

「けとばされるなよ」

「ニャー」

ホームズはロビーの隅の方へ行って、静かに外を眺めている。

「あら、猫。──オペラを見に来たのかしら」

と、女性たちが面白がっている。

片山は大欠伸をした。

オペラが退屈というわけではない。前の晩、二、三時間しか寝ていないのだ。

――片山義太郎は、警視庁捜査一課の刑事である。

最初の「――」は片山が観客席からロビーへ出た場面で、それまでの時間と距離を省略したことを意味します。会話のなかの「――」は、一瞬の戸惑いによる「間」を示しています。最後の「――」は片山の寝不足の理由を説明すると同時に、ここからいよいよ本筋に入りますよという物語の展開を予告するもので、昔の時代小説でいえば「閑話休題《それはさておき》」にあたるところですが、赤川氏はそれを「――」一本で省いて、お話をさっさと前へ進めます。つまり、この「――」もまた、赤川式ページターニングの秘密のひとつなのです。

こうして見てくればおわかりのように、赤川氏は現代ミステリーにおける最良の語り手のひとりです。その語りの巧みさは、芥川龍之介や太宰治に比肩するといっていいでしょう。とはいえ、物語は語り手だけでは成立しません。良い聞き手がいなければ、彼は良い語り手にはなれないのです。いま本書を手にしているあなたは、きっと良い聞き手のはずです。どうか心ゆくまで名手の語りに耳を傾けてください。

本書は二〇〇八年四月に光文社文庫から刊行されました。

三《み》毛《け》猫《ねこ》ホームズの降《こう》霊《れい》会《かい》

赤《あか》川《がわ》次《じ》郎《ろう》

平成30年 5月25日 初版発行
令和6年 11月25日 6版発行

発行者●山下直久

発行●株式会社KADOKAWA
〒102-8177 東京都千代田区富士見2-13-3
電話 0570-002-301(ナビダイヤル)

角川文庫 20939

印刷所●株式会社KADOKAWA
製本所●株式会社KADOKAWA

表紙画●和田三造

●お問い合わせ
https://www.kadokawa.co.jp/（「お問い合わせ」へお進みください）
※内容によっては、お答えできない場合があります。
※サポートは日本国内のみとさせていただきます。
※Japanese text only

ISBN978-4-04-106980-6 C0193

角川文庫発刊に際して

角川源義

第二次世界大戦の敗北は、軍事力の敗北であった以上に、私たちの若い文化力の敗退であった。私たちの文化が戦争に対して如何に無力であり、単なるあだ花に過ぎなかったかを、私たちは身を以て体験し痛感した。西洋近代文化の摂取にとって、明治以後八十年の歳月は決して短かすぎたとは言えない。にもかかわらず、近代文化の伝統を確立し、自由な批判と柔軟な良識に富む文化層として自らを形成することに私たちは失敗して来た。そしてこれは、各層への文化の普及滲透を任務とする出版人の責任でもあった。

一九四五年以来、私たちは再び振出しに戻り、第一歩から踏み出すことを余儀なくされた。これは大きな不幸ではあるが、反面、これまでの混沌・未熟・歪曲の中にあった我が国の文化に秩序と確たる基礎を齎らすためには絶好の機会でもある。角川書店は、このような祖国の文化的危機にあたり、微力をも顧みず再建の礎石たるべき抱負と決意とをもって出発したが、ここに創立以来の念願を果すべく角川文庫を発刊する。これまで刊行されたあらゆる全集叢書文庫類の長所と短所とを検討し、古今東西の不朽の典籍を、良心的編集のもとに、廉価に、そして書架にふさわしい美本として、多くのひとびとに提供しようとする。しかし私たちは徒らに百科全書的な知識のジレッタントを作ることを目的とせず、あくまで祖国の文化に秩序と再建への道を示し、この文庫を角川書店の栄ある事業として、今後永久に継続発展せしめ、学芸と教養との殿堂として大成せんことを期したい。多くの読書子の愛情ある忠言と支持とによって、この希望と抱負とを完遂せしめられんことを願う。

一九四九年五月三日